KB186001

하루는 길고
한 해는 짧은
직장인들을 위하여!

# 윤직원의 존버일력

1판 1쇄 인쇄  2022년 11월 11일
1판 1쇄 발행  2022년 11월 22일

| | | | |
|---|---|---|---|
| 지은이 | 윤직원 | 제작 | 제이오 |
| 발행처 | (주)수오서재 | 주소 | 경기도 파주시 돌곶이길 |
| 발행인 | 황은희 장건태 | | 170-2 (10883) |
| 책임편집 | 마선영 | 등록 | 2018년 10월 4일 |
| 편집 | 최민화 박세연 | | (제406-2018-000114호) |
| 마케팅 | 황혜란 안혜인 | 전화 | 031 955 9790 |
| 디자인 | 권미리 | 팩스 | 031 946 9796 |
| | | 전자우편 | info@suobooks.com |
| | | 홈페이지 | www.suobooks.com |
| | | ISBN | 979-11-90382-82-3 |
| | | | (02800) |

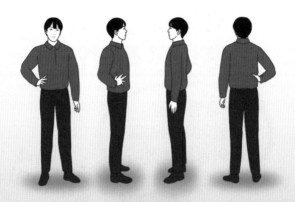

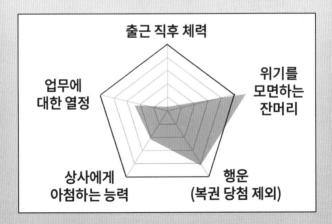

출근 직후 체력

위기를 모면하는 잔머리

업무에 대한 열정

상사에게 아첨하는 능력

행운 (복권 당첨 제외)

**1월 1일**

# 일복도
# 복일까?

그런 복은 없어도
괜찮을 것 같긴 한데...

**12월 28일**

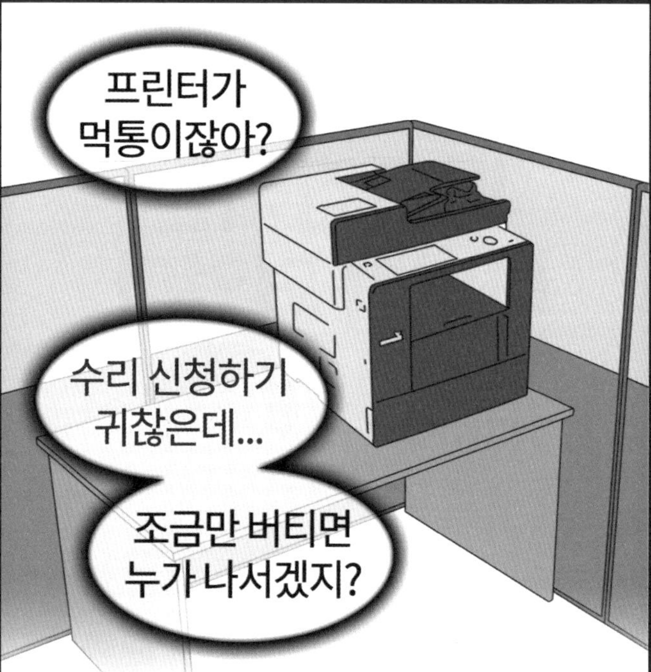


# 공용 물품이 고장 나면 시작되는 눈치 싸움

## 12월 27일

# 한 주의 최대 고비 수요일

사람을
수척하게
만들어서

'수'요일
이라고
부르는 건
아닐까?

**1월 4일**

# 통장 보면
# 드는 생각

**1월 5일**

일이 많아서

일이 많지 않아서

일이 적당해서

# 모든 날이
# 출근하고 싶지 않았다

# 12월 24일

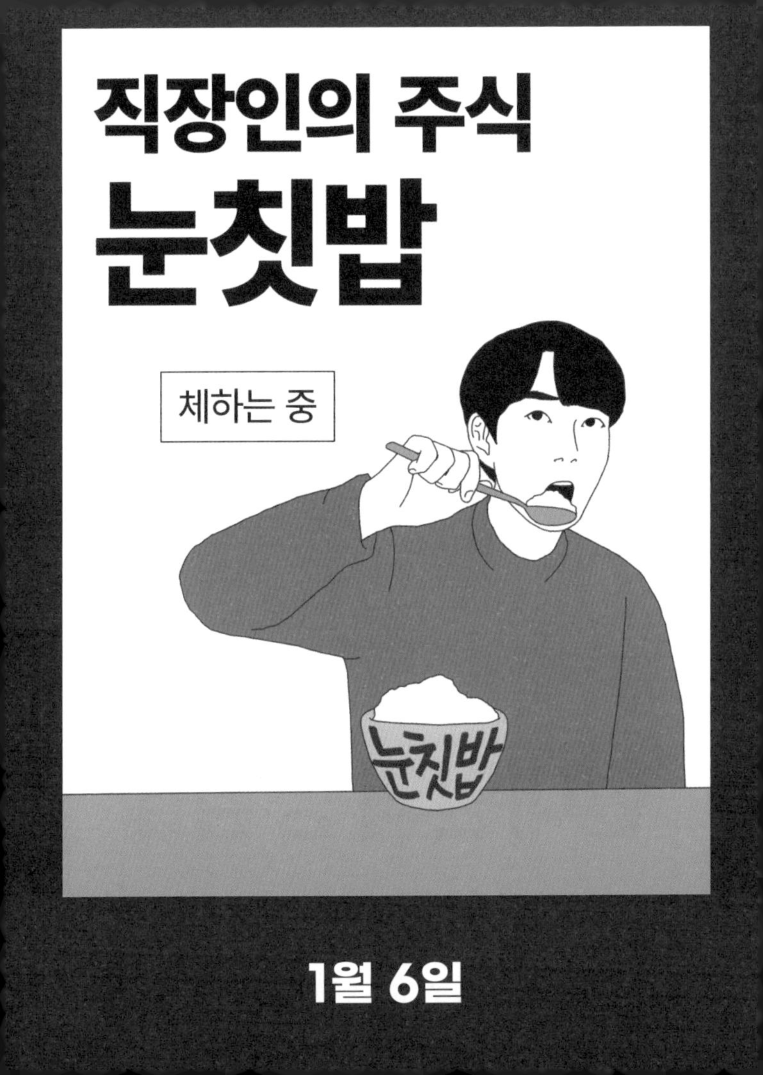
직장인의 주식
눈칫밥
체하는 중
눈칫밥
1월 6일

# 현대인의 공염불

**12월 23일**

# 우리 회사는
# 뒷말이 많아서
# 평판 관리를
# 잘해야 돼

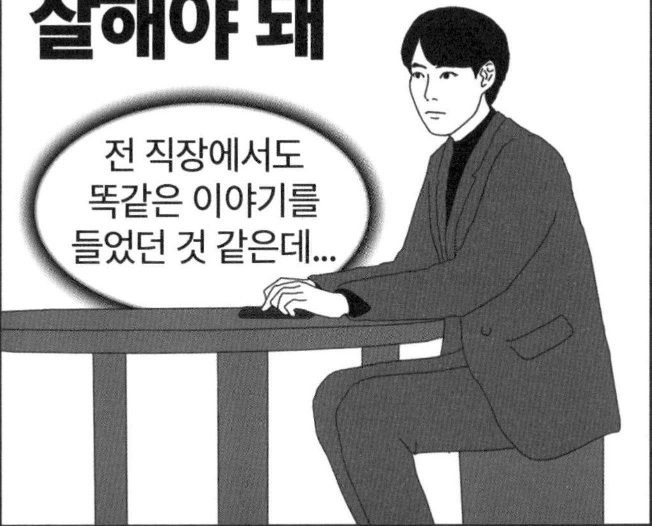


1월 7일

# 샤워를 끝내기 어려운 계절

오늘은 또
얼마나 추울까...
나가기 싫다...

**12월 22일**

# 넌 사람 구실 할
# 필요 없어서 좋겠다

1월 8일

N년 차, 물 경력

12월 21일

# 누가 내 방 벽에 회사 가는 포털 좀 만들어 줬으면 좋겠다

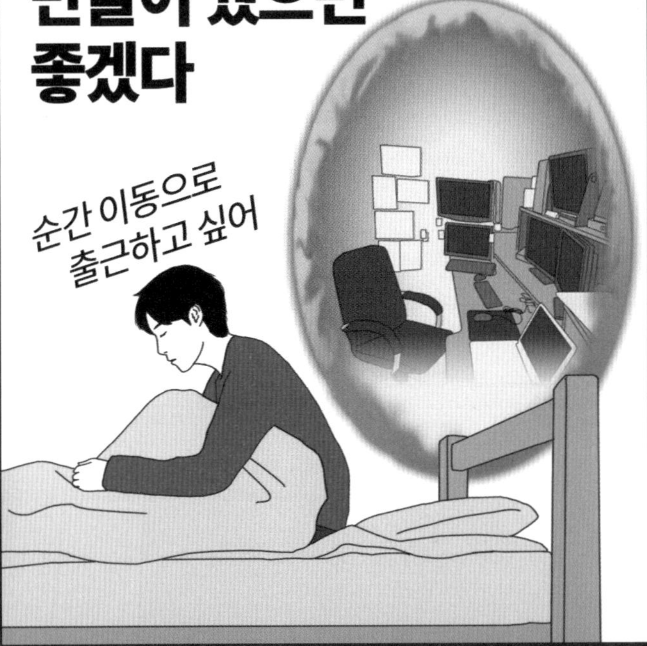


## 1월 9일

# 타면 덥고
# 내리면 춥고

**1월 10일**

**선배가 볼 때만 나타나는 오탈자**

1월 11일

**12월 17일**

1월 13일

**12월 16일**

* 상사의 심기가 불편해 보인다.
  윤직원은 눈치(을/를) 챘다.

**12월 15일**

# 나는 회사에서
# 어떤 사람일까?

**1월 15일**

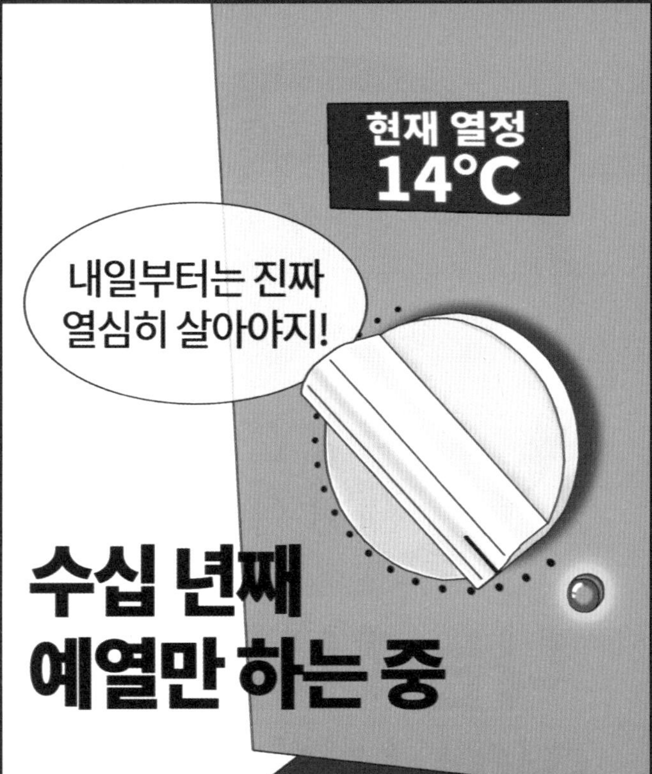


12월 14일

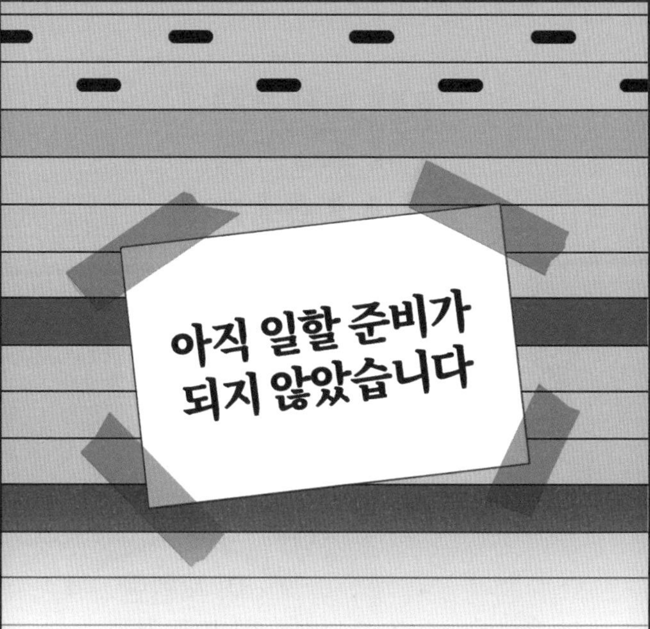


# 마음의 셔터를 올리지 못한 직장인

1월 16일

# 바쁜데
# 심심하다

뭘까...?

이 시원한
핫초코 같은
감정은?

**12월 13일**

중고 신입이지만
아무것도 모릅니다

# 미개봉 중고 신입

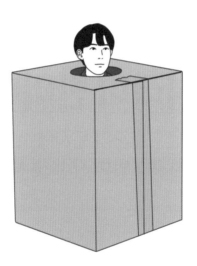

**1월 17일**

# "시작이 반이다"

출근과 동시에
체력의 절반이 사라진다는 뜻

## 12월 12일

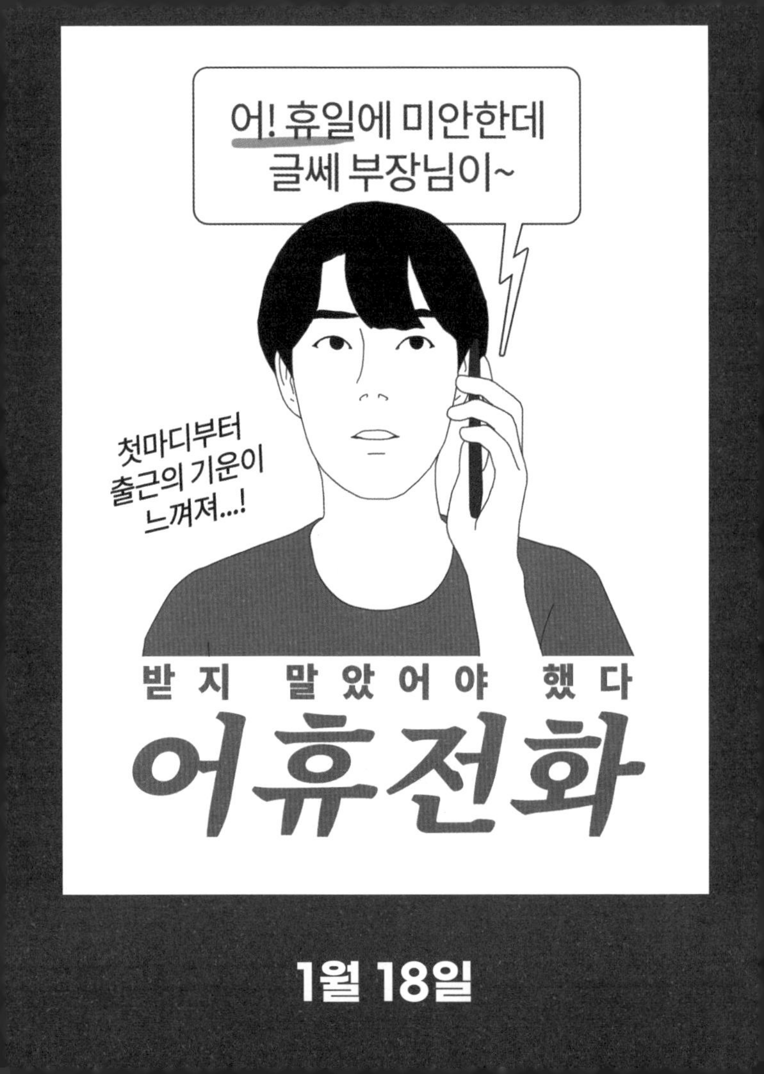
어! 휴일에 미안한데
글쎄 부장님이~
첫마디부터
출근의 기운이
느껴져...!
받지 말았어야 했다
어휴전화
1월 18일

# 속이 없는 사람

**12월 11일**

# 크게 아픈 곳은 없지만
# 딱히 건강하지도 않은 사람

1월 19일

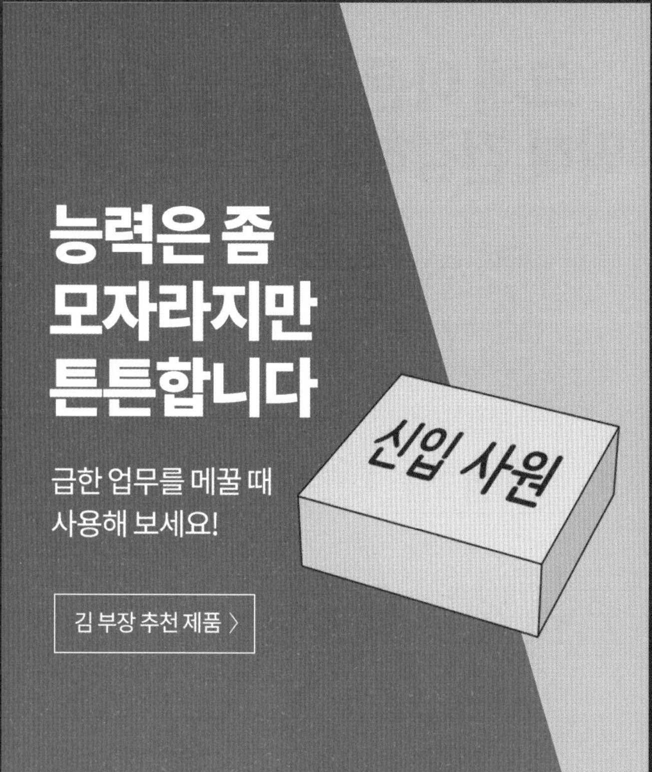


# 12월 10일

# 연휴에도 근무는 계속된다

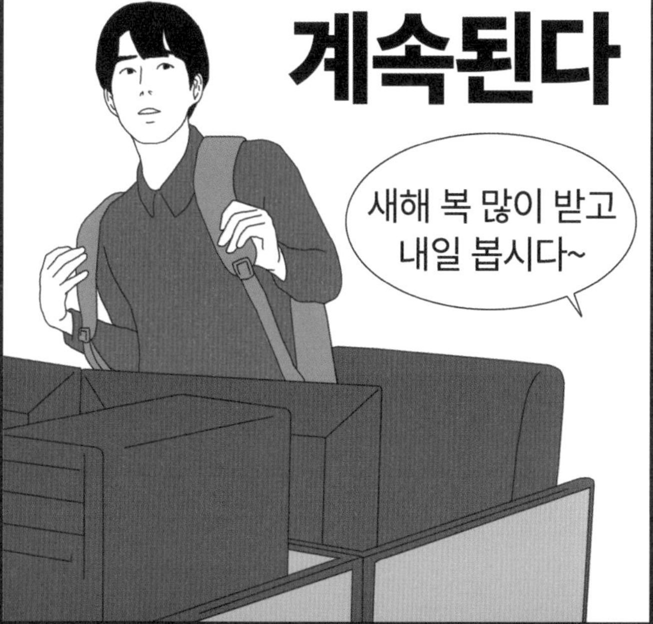


1월 20일

네가 아침 9시에 온다면
난 전날 밤 9시부터
불행해질 거야

**12월 9일**

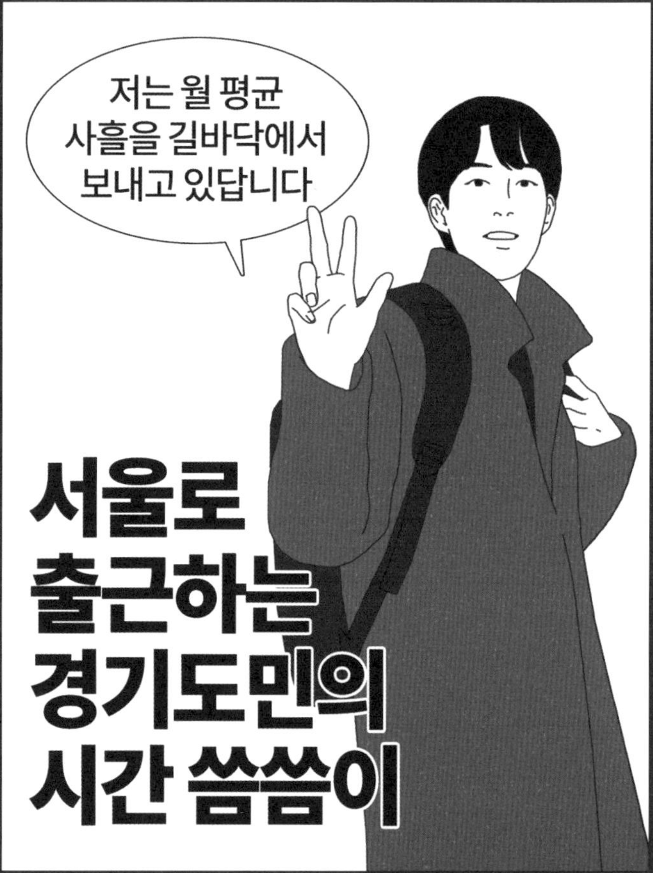


# 서울로 출근하는 경기도민의 시간 씀씀이

12월 8일

## '줄을 잘 서자'는 무슨 뜻일까요?

**어린이**

새치기하지 말고
똑바로 서자!

**직장인**

잘나갈 사람 뒤에
찰싹 붙자...?

# 나이 먹으며 씁쓸하게
# 바뀐 말들에 대하여

# 1월 22일

# 개가 있어서
# 따뜻한 겨울

**12월 7일**

# 취직하면 끌고 싶었던 차

# 실제로 끌게 된 차

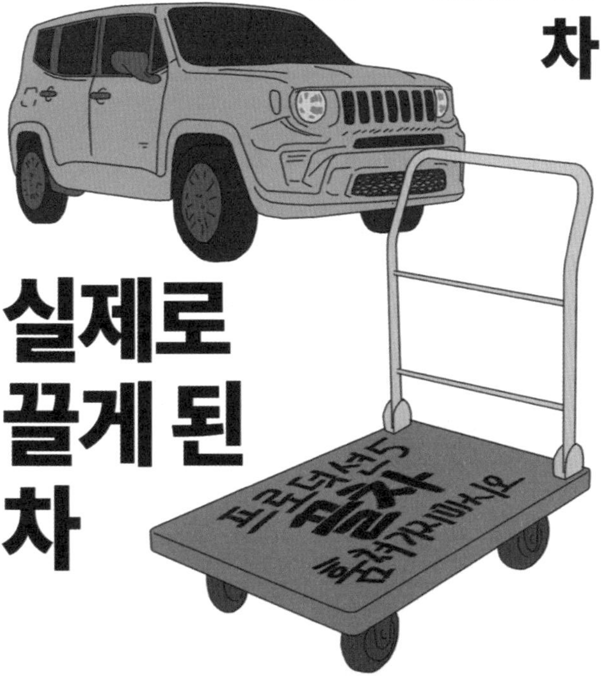

1월 23일

사라진
일머리를
찾습니다

**12월 6일**

**1월 24일**

@#$%*&#~!!!!
분명 업무 이야기 중이었는데 어느새 내 욕으로 넘어갔지?
너무 자연스러워서 눈치 못 챌 뻔했네
그라데이션 인신공격
1월 25일

# 열정 불태우겠다고
# 바람만 잔뜩 넣으면
# 금세 재 가루만 남는 법

**12월 4일**

**1월 26일**

속 터져...

성격 좋고
무능력한
상사와
일하기

VS

일 잘하는
성격 파탄자
상사와
일하기

열받아...

1월 27일

# 주말 출근자
# 사람 1명, 바퀴벌레 1마리

**12월 2일**

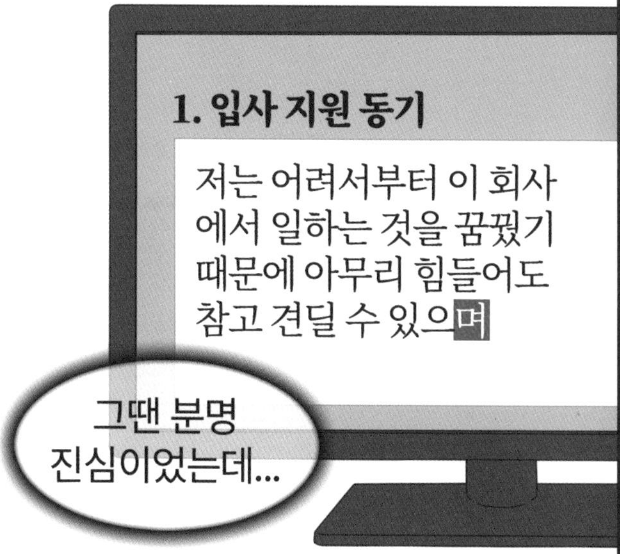


# 입사와 함께 사라진 지원 동기

## 1월 28일

천하제일
상사 화나게
하기 대회

# 그 직장인 손에
# 쥐어진 합격 목걸이

12월 1일

# 생선도 인생도 날로 먹는 걸 선호합니다

**1월 29일**

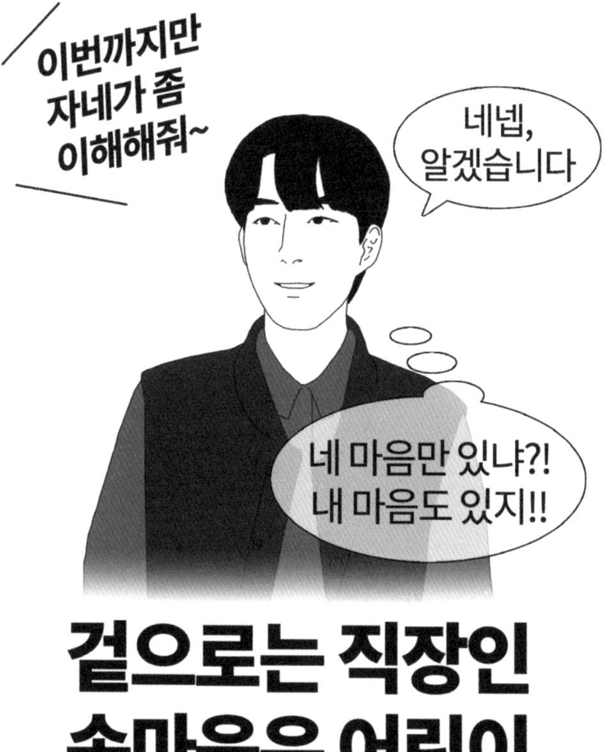


# 겉으로는 직장인
# 속마음은 어린이

**1월 30일**

# 시키는 일 다하고
# 죽은 무덤은 없다

그 일 다했더니 바로
새 일이 생기더라고요

그냥 적당히 하고
퇴근할 걸 그랬죠

**11월 29일**

# 회사에서 화가 날 때
# 떠올리면 좋은 삼단논법

**전제1** 모든 사람은 죽는다

**전제2** 저 놈은 사람이다

**결론** 그러므로 저 놈은 죽는다

**1월 31일**

부장님께서 그렇게
결정하신 것부터 문제였죠!
자네 지금 그걸
말이라고 하나?
그리고 직원 씨도
잘한 거 없는 거 알죠?
에에?? 저요?
(불똥이 이렇게 튄다고?)
상사들 싸움에 후배 등 터진다

11월 28일

**2월 1일**

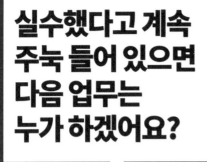

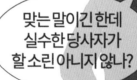

**11월 27일**

**2월 2일**

# 요즘 돈 쓸 때 드는 생각

좀 비싼 것 같기도 하지만
집값보단 싸니까 OK입니다

**11월 26일**

# 사람이 성공하려면 그릇이 커야 한다는데

# 내 그릇은 아무래도 소주잔만 한 것 같다

**2월 3일**

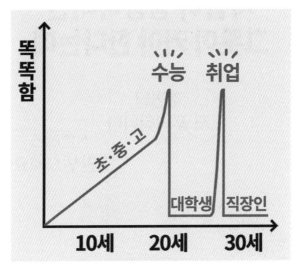

# 내 생애 가장
# 똑똑했던 순간들

**11월 25일**

이 정도면 새벽 2시까진 끝낼 수 있을 것 같은데요?

자네가 그렇게 말하면 실제로는 새벽 5시쯤 끝나더라고

# 호프스태터의 법칙에 충실한 직장인

**2월 5일**

**11월 23일**

# 급성 스트레스에 대처하는 잘못된 방법

**11월 22일**

# 힘들 때 우는 건 삼류다
# 힘들 때 참는 건 이류다

# 힘들 때 웃는 건 호구다

## 2월 8일

오늘은 일탈할 거야
코 삐뚤어지게 술 마시고
지하철 타고 집에 가서
세수하고 이 닦은 뒤에 내 방
아무 데서나 쓰러져 잘 거야!
왜냐하면 내일도
출근은 해야 하니까...

# 출근이라는 이름의
# 자동 제어 장치

**11월 20일**

직장인의
미라클 모닝

2월 9일

**분위기 안 좋을 때 실수해서
안 먹어도 될 욕 챙겨 먹는 사람**

**11월 19일**

# 누가 봐도
# 어제 퇴근 못 하고
# 회사에서 잔 사람

**2월 10일**

**11월 18일**

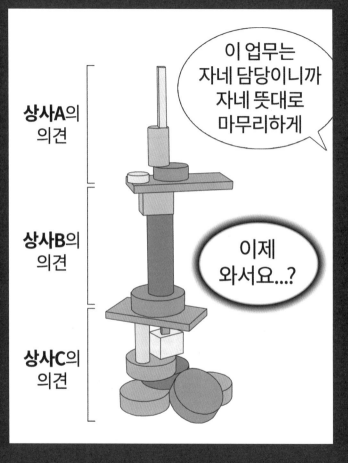

**2월 11일**

# 여닫이식 귀를
# 갖게 된 직장인

**11월 17일**

# 출근을 앞두고
# 예민해진 직장인

**2월 12일**

눈떴더니
이번 주가
끝나 있으면
좋겠다

2월 13일

# 불안을 이긴
# 무기력

11월 15일

11월 14일

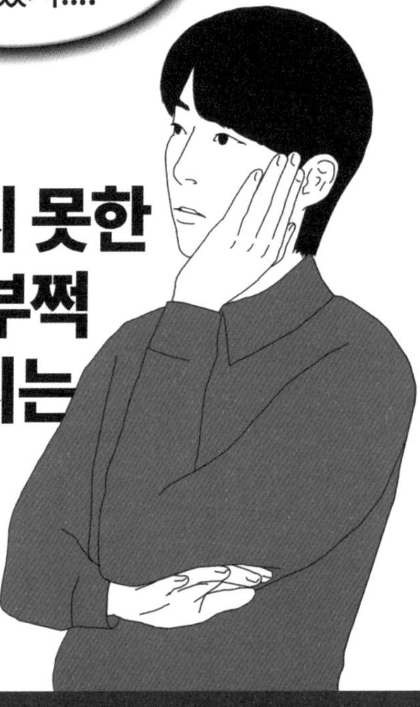


# 쓸모를 증명하지 못한 날이면 부쩍 쓸쓸해지는 직장인

## 11월 13일

# 내 삶의
# 주인공은
# 왜 나일까?

이 위기를 또
어떻게 해결하지

도망가는 행인3
역할로 바꾸고 싶다

**2월 16일**

지갑을 잘 여는
멋진 선배를 꿈꿨지만
현실은...

# 지갑 열
# 형편이 안 되니
# 입이라도 닫는
# 조용한 선배

# 11월 12일

# 직장인의 목구멍에 걸려 있는 바로 그 말

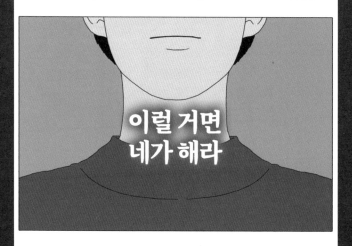

이럴 거면
네가 해라

**2월 17일**

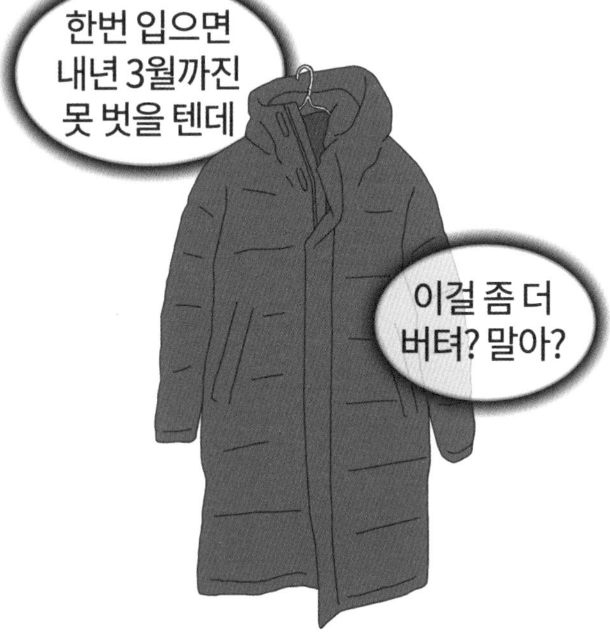


# 롱패딩의 문턱 앞에서

## 11월 11일

# 직장인의
# 데일리 표리부동

**11월 10일**

**2월 19일**

이번 프로젝트에
대해 의견 있으신 분
계신가요?

조용히
있어야지...

지금 나섰다간
바로 저 업무
당첨이야

# 침묵은
# 금이다

**11월 9일**

# 폭설도 출근을
# 막을 순 없다

**2월 20일**

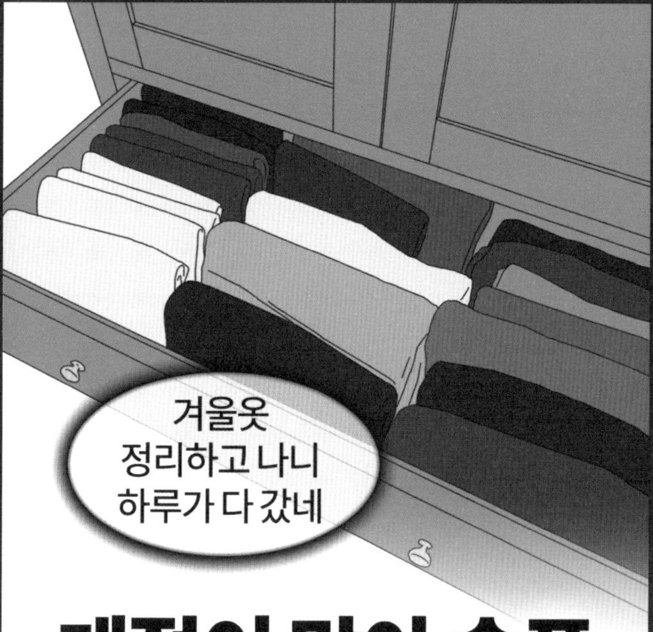


# 계절이 많아 슬픈 한국의 직장인

**11월 8일**

# 월급의
# 구성 성분

*30%*
업무에 대한
보상

*70%*
신체적·정신적
피해보상

몸도 마음도
피폐해...

**2월 21일**

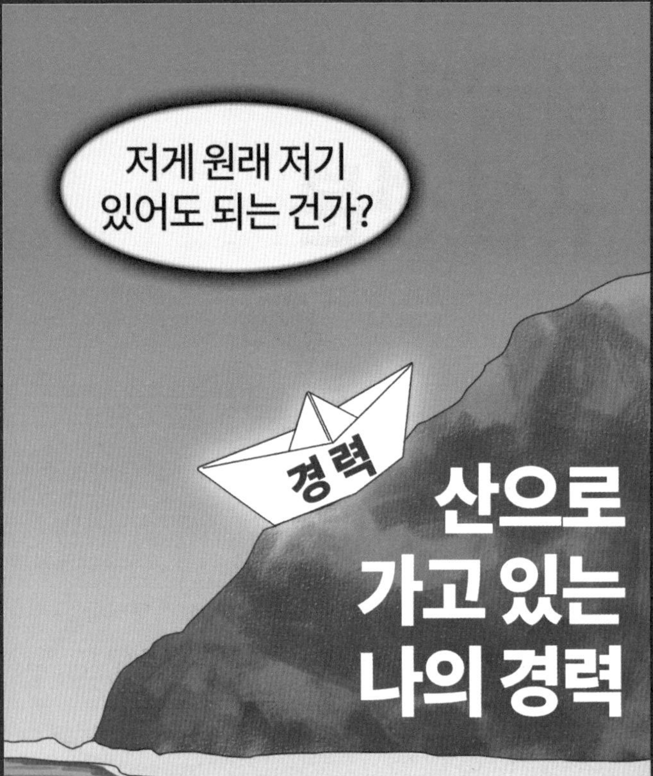


11월 7일

위에서 그렇게 결정을 했어

회사가 개인의 편의를 다 봐 줄 순 없는 거 알지?

편의... 편의점에서 치약 사야 하는데...

# 딴생각 전문가

## 2월 23일

11월 5일

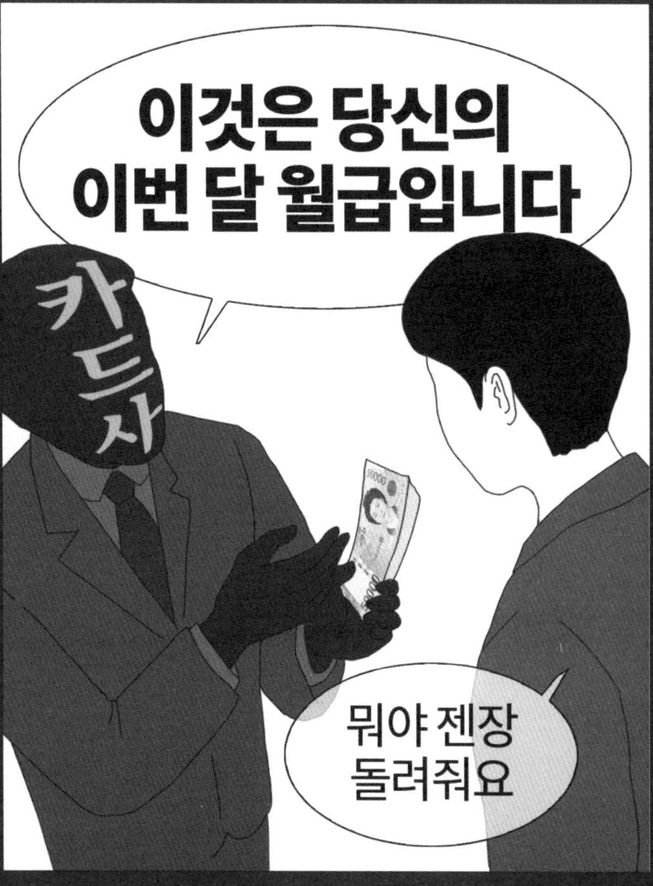


2월 24일

**11월 4일**

# 아침에 운동하면
## 아침부터 피곤한 사람
# 건강한 사람이 된다

# 2월 25일

이런 거 말고
좀 더 새로운 거 없나?
세상에 태어나서 한 번도
본 적 없는 그런 거!

그런 걸 만들 재주가
있으면 내 사업을 하지

왜 남의 회사에서
이러고 있겠어요...?

**11월 3일**

혀가 둔감한
사람들의
일상 속
난제
어떤 원두로
드릴까요?
참이슬 드릴까요
처음처럼 드릴까요?
커피 맛
구분하기
소주 맛
구분하기

# 2월 26일

# 뻑뻑함을 견디게 하는
# 간헐적 달콤함

**11월 2일**

월급 받은
만큼만 일하자
그거면 된 거야
각오해라
회사 놈들아
내 진짜 실력을
보여 주마
하루에도 몇 번씩
흔들리는 마음
2월 27일

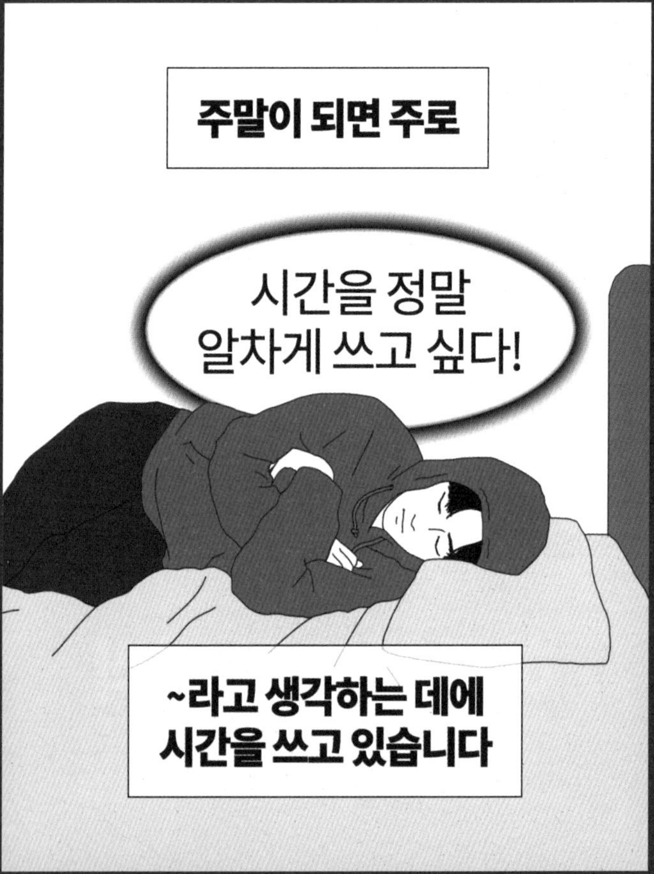


11월 1일

# 혼자서 협업하고 싶은
# 모순적 직장인

**2월 28일**

# 마감이 깡패다

[속담] 안 되던 일도 마감일이
다가오면 어떻게든 해결된다는 말

**10월 31일**

**3월 1일**　　　<u>삼일절</u>

# 일에 지친
# 직장인의 색안경

**10월 30일**

# 무리하지 말고 쉬엄쉬엄 하라는 상사들 특징

본인이 무리하게 업무를 줌

말만 착하게함

날 쉬지 못하게한 원흉임

얄밉다고 욕하면 내가나쁜 사람됨

**3월 2일**

성숙한 직장인은
가는 주말을
아쉬워하지
않는 법입니다

그리고 저는
미성숙한
직장인이죠

**10월 29일**

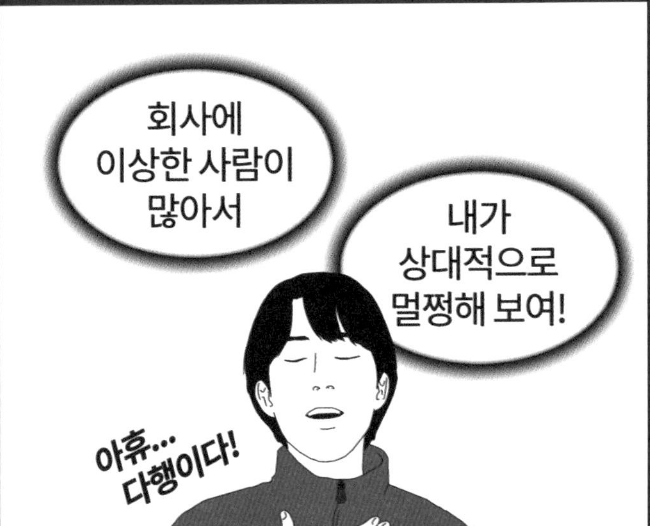


10월 28일

# 회사가 어려워지면
# 나도 어려워지지만

# 회사가 잘나간다고 해서
# 나도 잘나가지는 않는다

**3월 4일**

오늘
회의도
부디
얼렁뚱땅
모면할 수
있게 해
주세요

**10월 27일**

3월 5일

**3월 6일**

**3월 7일**

# 나쁜 사람의 기준

**10월 24일**

나... 하루 종일
이러고 다닌 건가!?

# 양말에 난
# 구멍을
# 퇴근 때가
# 돼서야
# 발견했다

**3월 8일**

**상습 정체 구간을 지나**

# 서울로 출근하는
# 경기도민의 삶이란?

1시간 30분 전 출발 → 지각
1시간 40분 전 출발 → 지각
1시간 50분 전 출발 → 지각
2시간 전 출발 → 30분 일찍 도착

**10월 23일**

# 사필귀정

모든 일은 반드시 정 많은
사람에게로 돌아가게 되어 있다

**3월 10일**

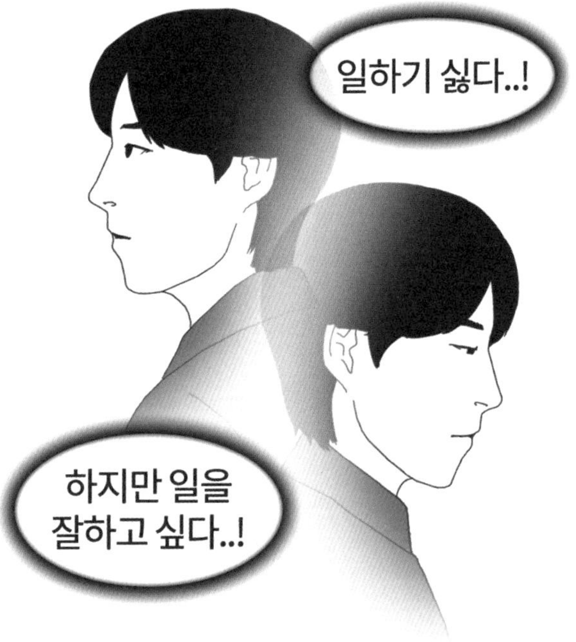


# 직장인의 양가감정

10월 21일

# 피곤할 때
# 마음이 통하는 친구

**3월 11일**

# 친구 없음의 원인을
# 밖에서 찾고 싶은 내향인

**10월 20일**

# 생애 첫 중고 거래 후기

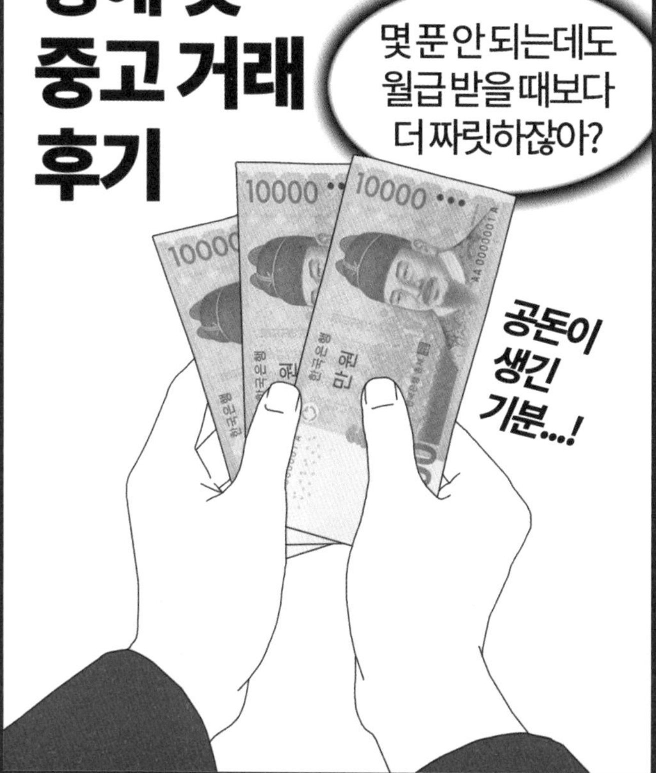


## 3월 12일

# 티끌도 모으면 태산이 된다

## 희망 편

거래하신 내용

| 회차 | 월차 | 내 신 금 액 |
|------|------|------------|
| 12회차 | 3월 | ₩1,000,000 |
| 13회차 | 4월 | ₩1,000,000 |
| 14회차 | 5월 | |
| 15회차 | 6월 | |

쥐꼬리만 한 월급도
모으면 목돈이 된다

**3월 13일**

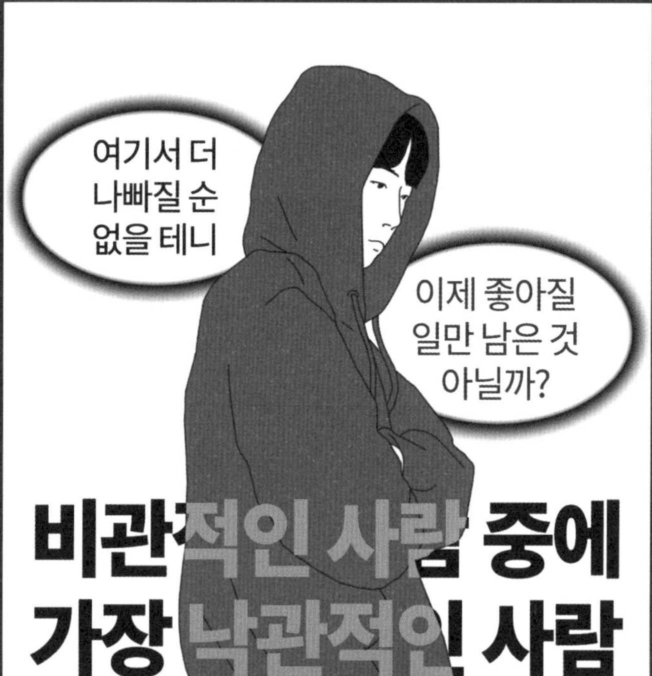


10월 18일

# 티끌도 모으면 태산이 된다

## 현실 편

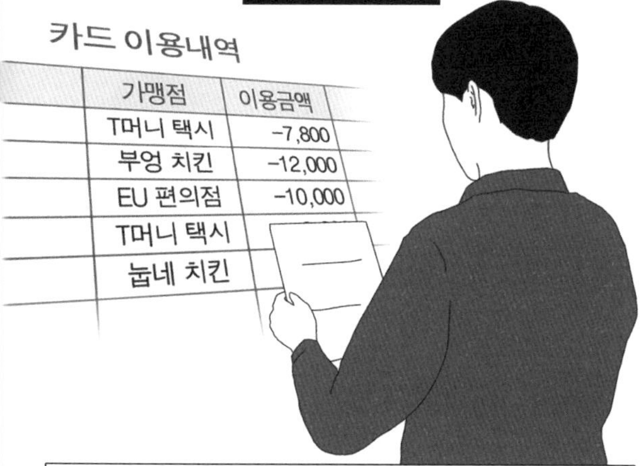


하찮은 지출이 모여
엄청난 카드 값이 된다

**3월 14일**

바빠도 괜찮으니까
재미있는 업무 하고 싶다

# 고생 쿨타임이
# 다 찬 직장인

**10월 16일**

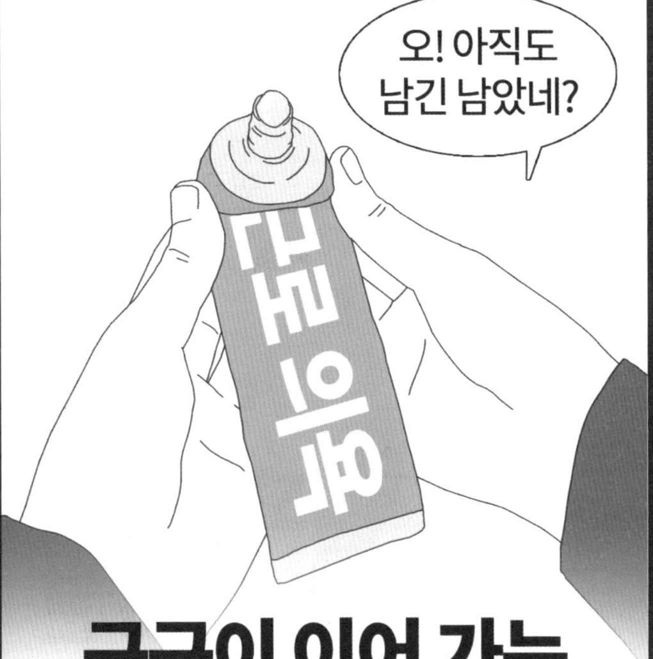


# 근근이 이어 가는 직장인의 삶

## 3월 16일

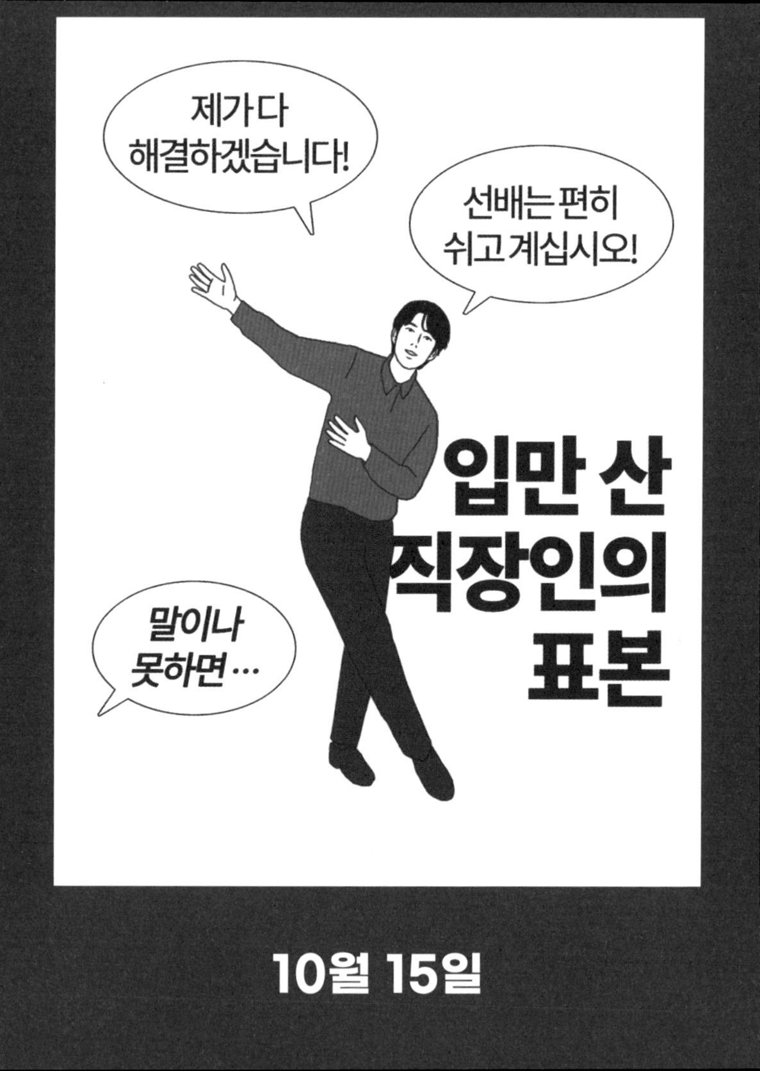
제가 다
해결하겠습니다!
선배는 편히
쉬고 계십시오!
말이나
못하면…
입만 산
직장인의
표본
10월 15일

# 사람은 있지만
# 일할 사람이 없다

**3월 17일**

# 친구 결혼식이라도 있어야
# 주말에 집 밖으로
# 나오는 직장인

눈부셔...

# 10월 14일

업무의 방향이
잘못됐단 걸
깨달았을 땐

이미 돌이킬 수
있는 시기를
지난 뒤였다

# 스스로 만든 독배를
# 마시게 된 직장인

**3월 18일**

**10월 13일**

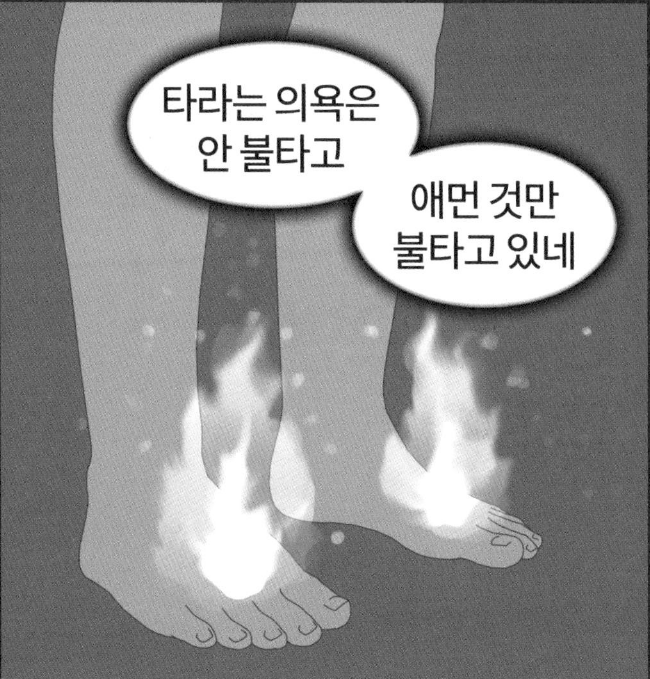


# 발등에 불이 떨어졌으나 꿈쩍도 하기 싫은 직장인

**3월 19일**

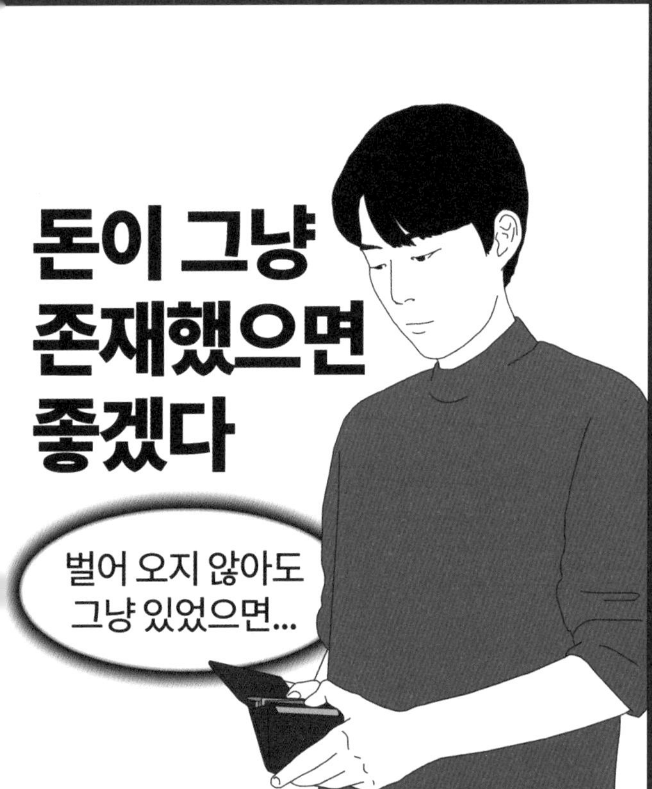


## 10월 12일

내 인생이 지루하면
남의 인생이 궁금한 법이죠

**3월 20일**

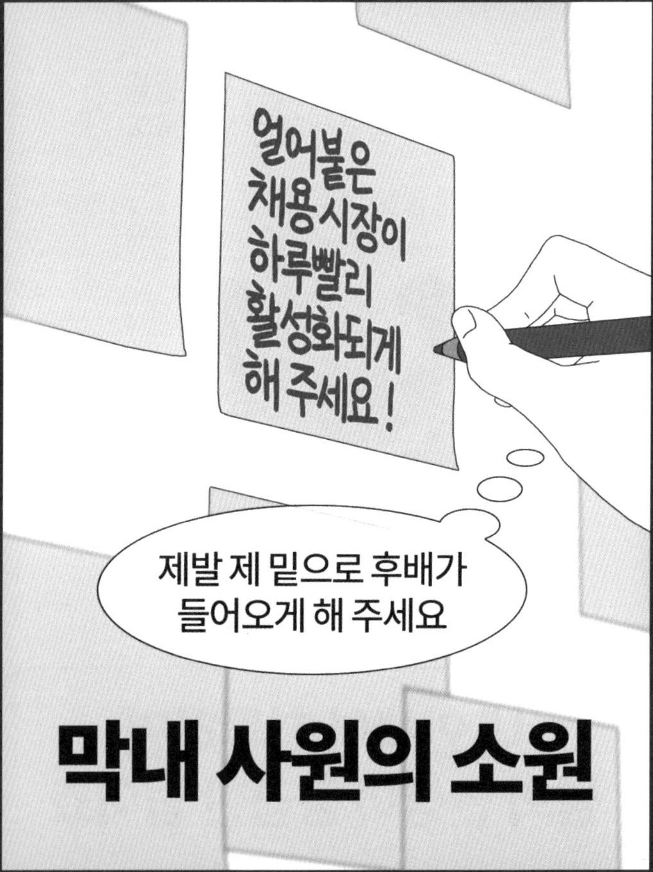


# 막내 사원의 소원

## 10월 11일

**10월 10일**

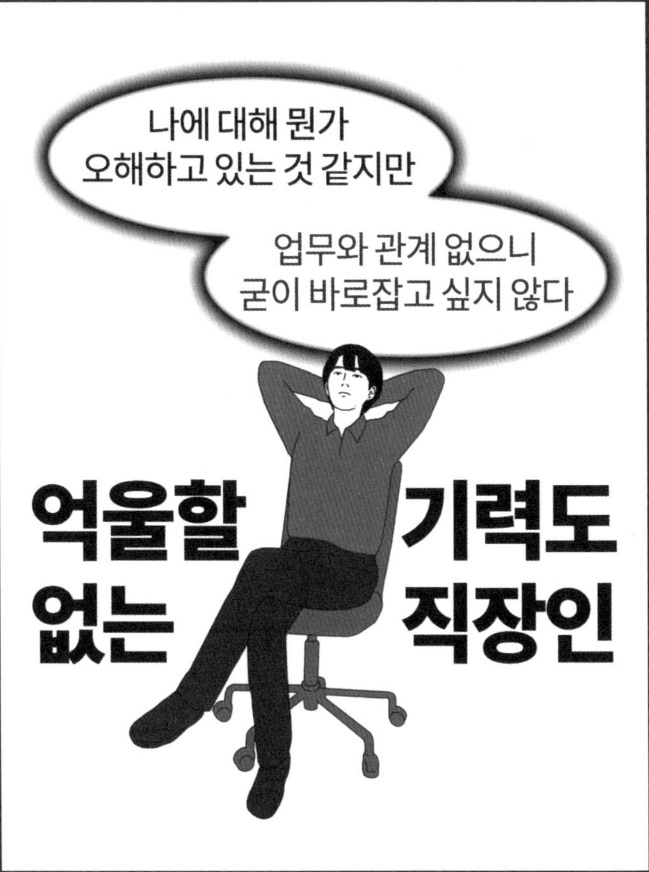


**3월 22일**

**10월 9일**   <u>한글날</u>

**3월 23일**

**10월 8일**

**3월 24일**

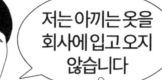

# 소중한 사람들 앞에서 약해지는 마음

다 내 탓이야

내가 더 잘 챙겨야 했는데

# 회사를 대할 땐 강해지는 마음

이게 내 탓이라고?

누가 더 잘못했는지 한번 따져 봐?

**3월 25일**

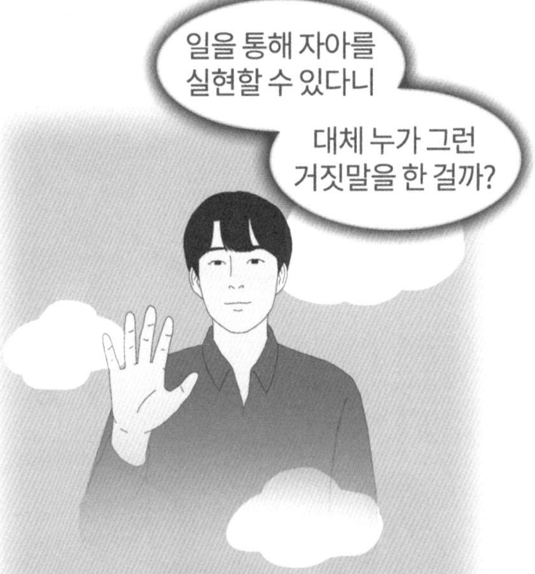


# 일을 통해 자아가 실종되는 중

10월 6일

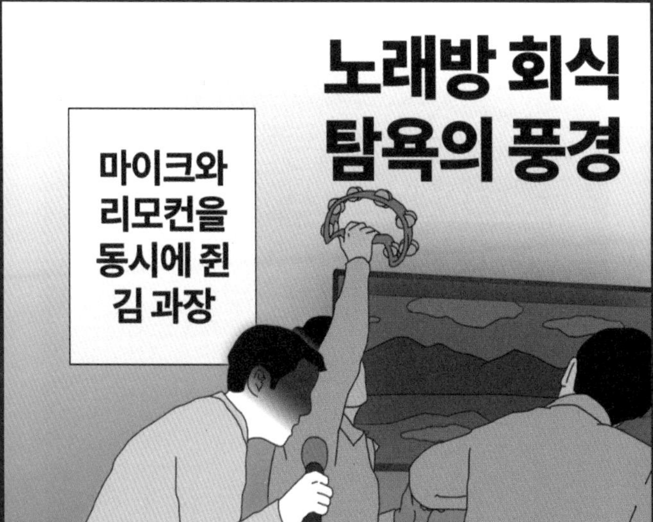


3월 26일

박사학위논문

# 일은 일대로 하고 욕은 욕대로 처먹을 가능성에 관한 연구

- 상사에게 처신을 잘못한 직장인의 회한을 중심으로 -

20XX

직장대학교 대학원

직장생활학과

윤 직 원

**10월 5일**

# 동기 사랑 나라 사랑

**3월 27일**

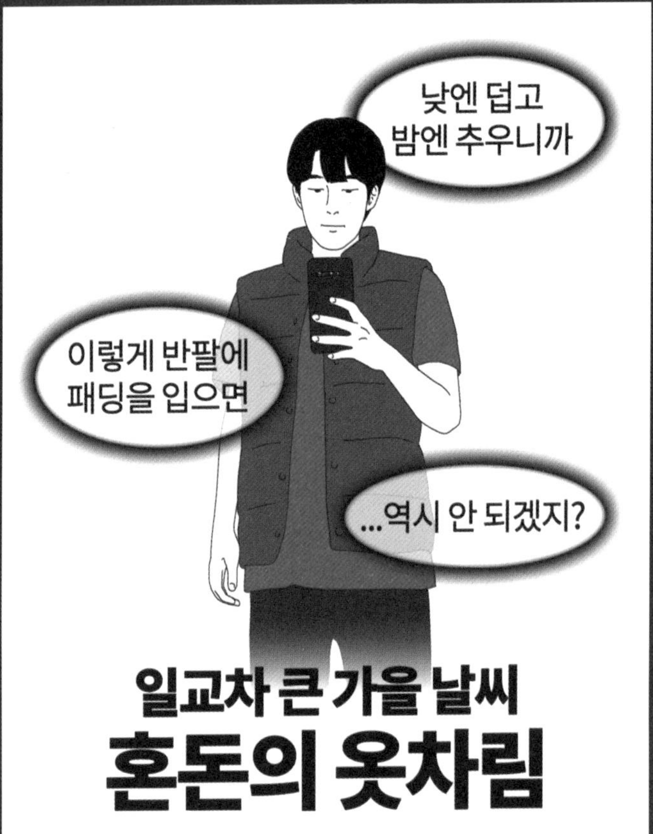


10월 4일

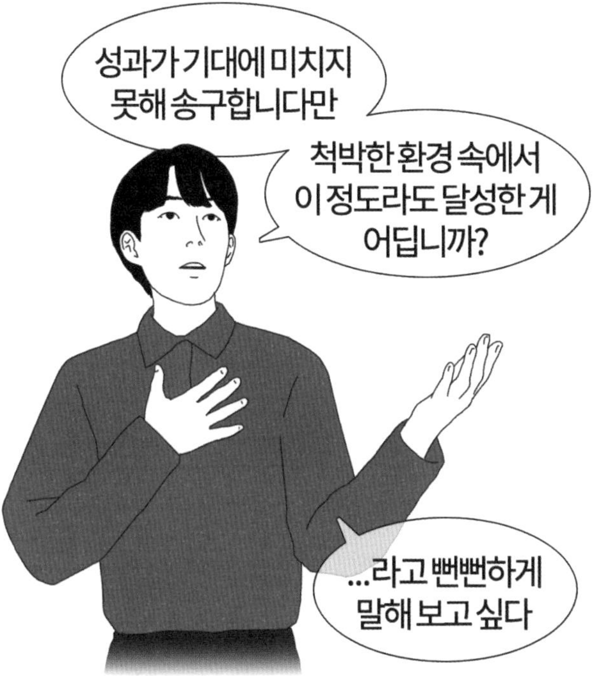


# 업무 자존감 추스르는 중

## 3월 28일

**10월 3일** 개천절

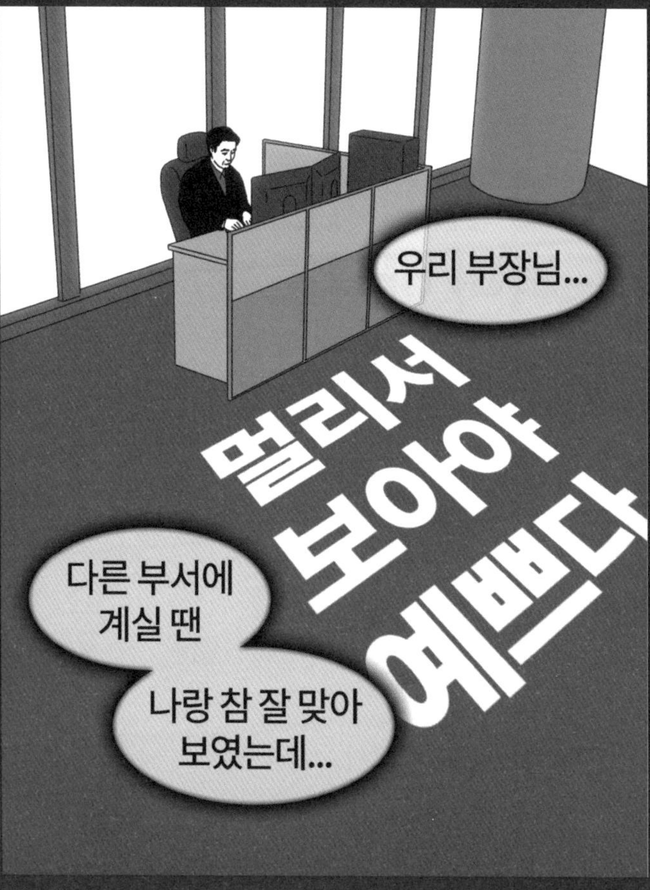


**3월 29일**

요즘 유행하는
드라마 하나도
안 본 사람

10월 2일

**10월 1일**

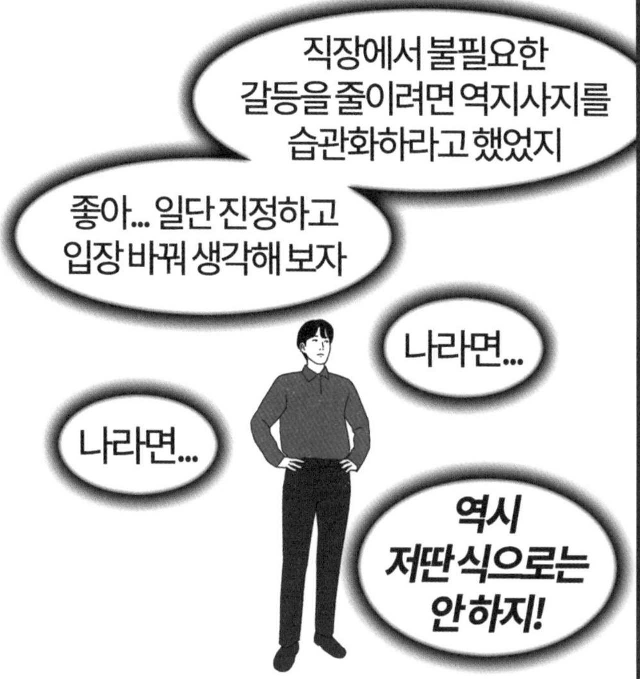


# 어둠의 역지사지

3월 31일

**9월 30일**

# 취업 전, 나는 내가 다듬어지지 않은 원석인 줄로만 알았다

# 다듬어 봐도 돌멩이

**4월 1일**

**9월 29일**

출근의
장점이라...?

힘든 일이 있나요?

그 일의 장점을
떠올려 보세요!

혈압이
오른다

# 회사에 다니고
# 저혈압이 나았습니다

**4월 3일**

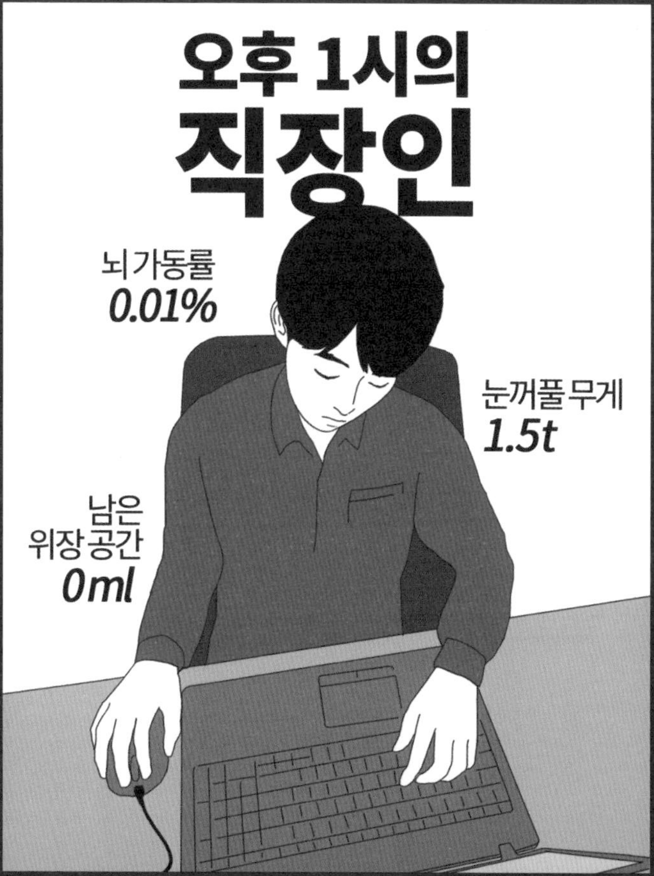


## 4월 4일

**9월 26일**

9월 24일

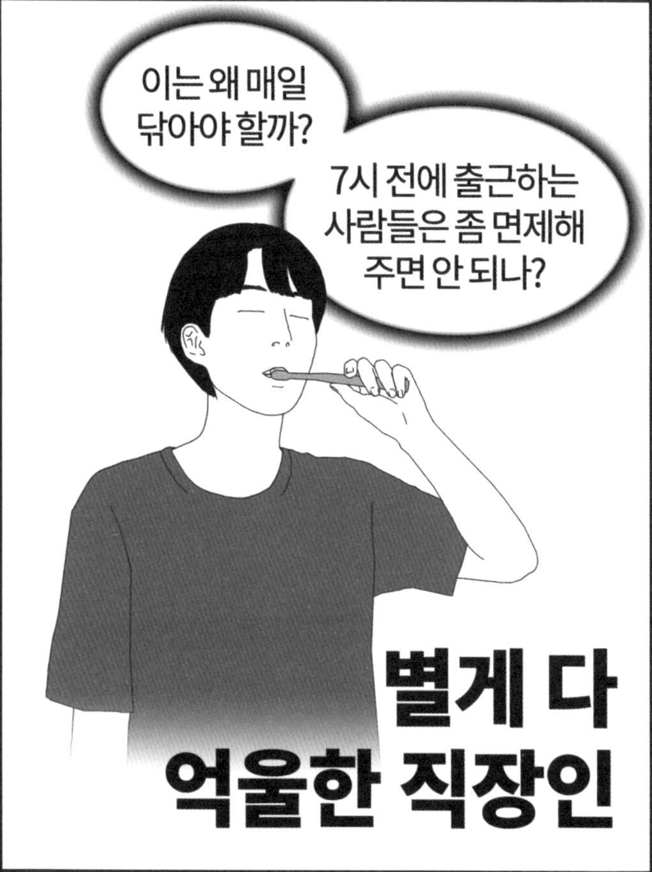


4월 7일

**9월 23일**

내가 회사를
욕하는 속도

10욕/s

*초당 10번의 욕을 할 수 있는 스피드

# 따라올 테면 따라와 봐!

**9월 22일**

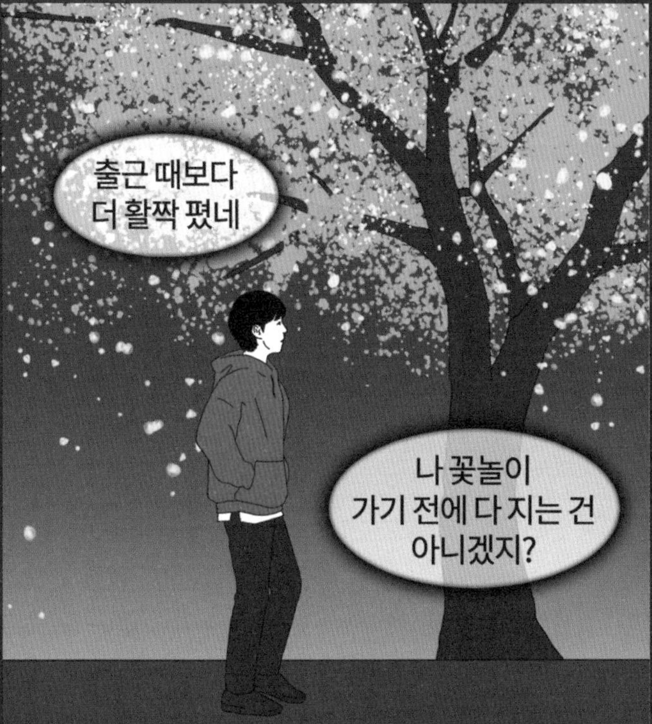


# 초조한 봄 퇴근길

## 4월 9일

# 내 업무량
# 보존의 법칙

인력이
충원되어도
내 일은
줄어들지
않는다

**9월 21일**

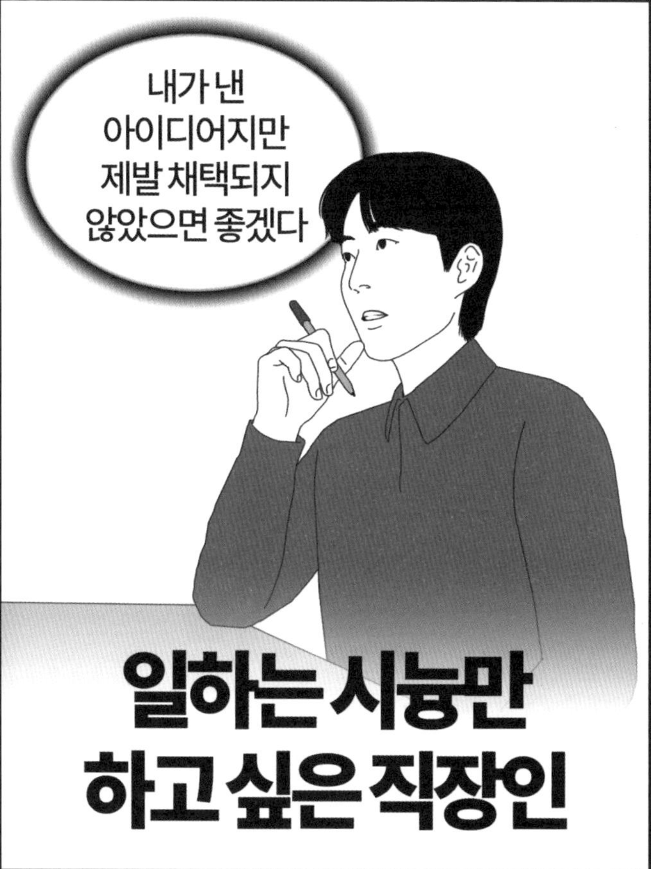


## 4월 10일

# 주말 동안
# 굳게 다진
# 마음

무탈한 회사 생활
화이팅!

# 평일 되니
# 잘게 다져진
# 마음

무탈한 회사 생활?
어림없지

# 9월 20일

4월 11일

**어느 직장인의 슬픈 통화 목록**

**4월 12일**

9월 18일

# 3년 할부로 뽑은 신입 사원

**9월 17일**

# 개 키우는 직장인의 주말

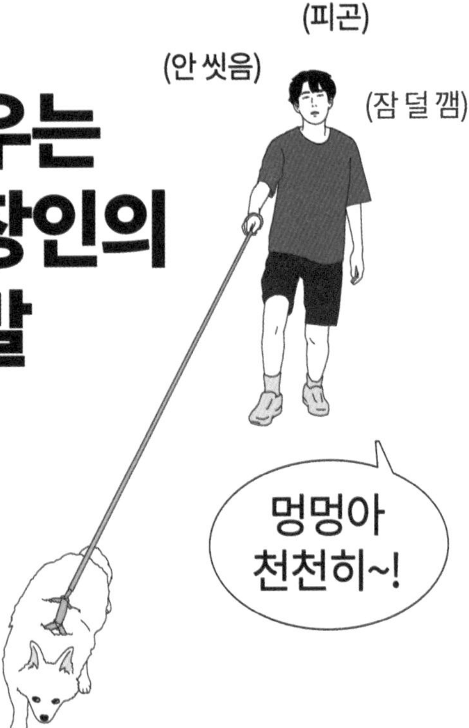


## 9월 16일

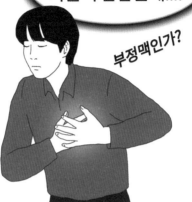

# 아프다 아파
# 현대 사회

**4월 15일**

4월 16일

길에서 보행 흡연하는 사람들을
앞지르다가 경보 개인 최고 기록을
달성하게 된 직장인 윤직원 씨

**9월 14일**

4월 17일

# 의지는 줄곧 미약했으며
# 기력은 주로 없었습니다

대충 사는중

**9월 13일**

불러 주는 곳만 있다면
물 흐르듯 도망치겠어요

# 환승 연애는 비매너지만
# 환승 이직은 생존이다

**4월 18일**

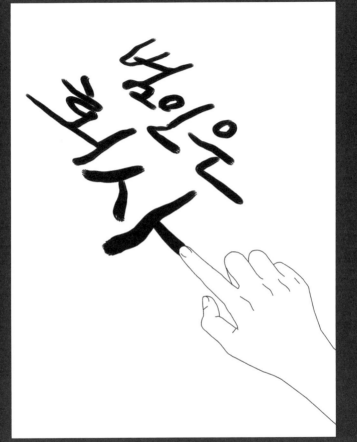

**9월 12일**

13 %
운동해야
되는데…

오늘은 18%
뭐 먹지?

인간은
왜 일을
해야 할까?
28%

5% 업무 고민

저 인간은 또
왜 저럴까? 36%

직장인의
상념

**4월 19일**

오늘은 또
무슨 잘못을
저지르고

어떤 잔소리를
듣게 될까?

벌써부터
심장이
두근거려

# 출근의 설렘

## 9월 11일

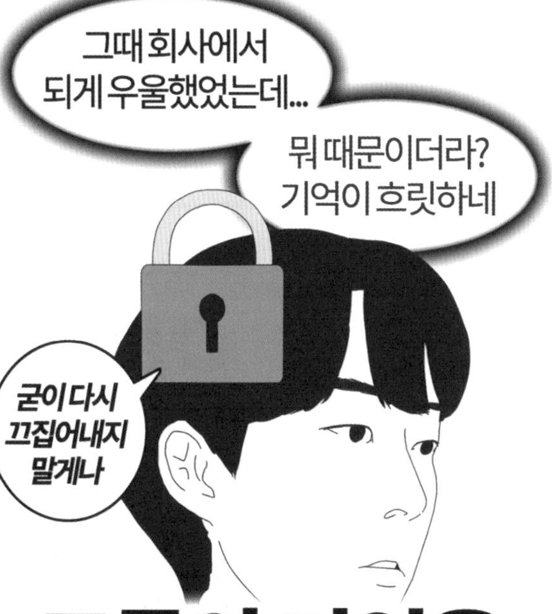


# 고통의 기억을 봉인한 뇌

## 4월 20일

9월 10일

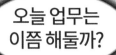

# 딴 건 몰라도 일에는 절대
# 과몰입하지 않는 타입

## 4월 21일

불안했기에
반짝거렸던 시절

9월 9일

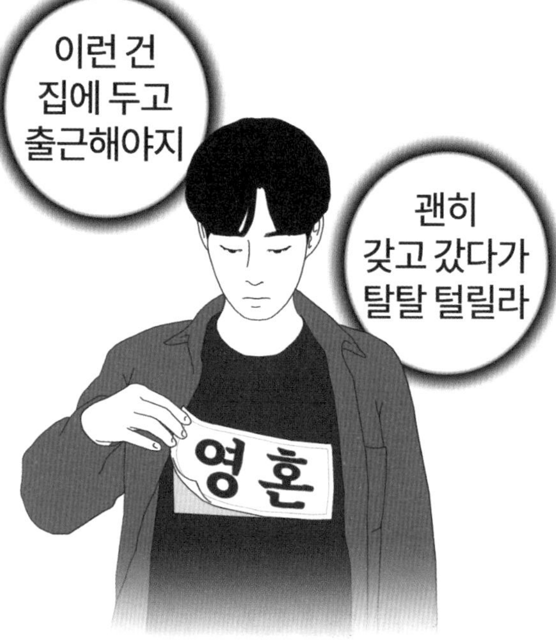


# 영혼 없는 직장인

9월 8일

**4월 23일**

**4월 24일**

# 화를 나누면
# ~~반이 된다~~
# 화난 사람이 둘

## 9월 6일

# 추웠는데요
# 더웠습니다

이렇게 갑자기
더워지기 있나?

**4월 25일**

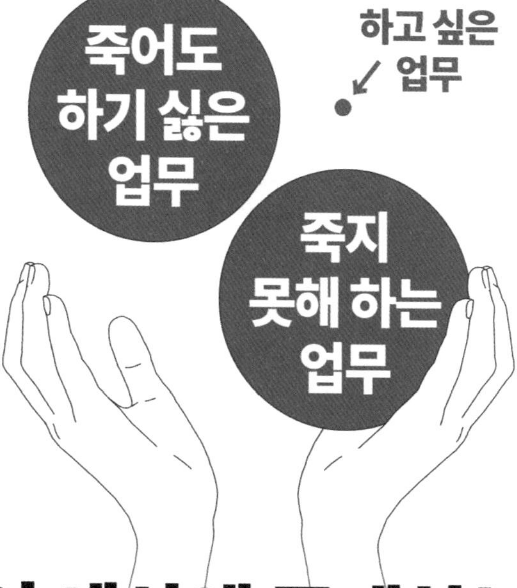


# 이 세상에 존재하는 세 가지 일

## 4월 26일

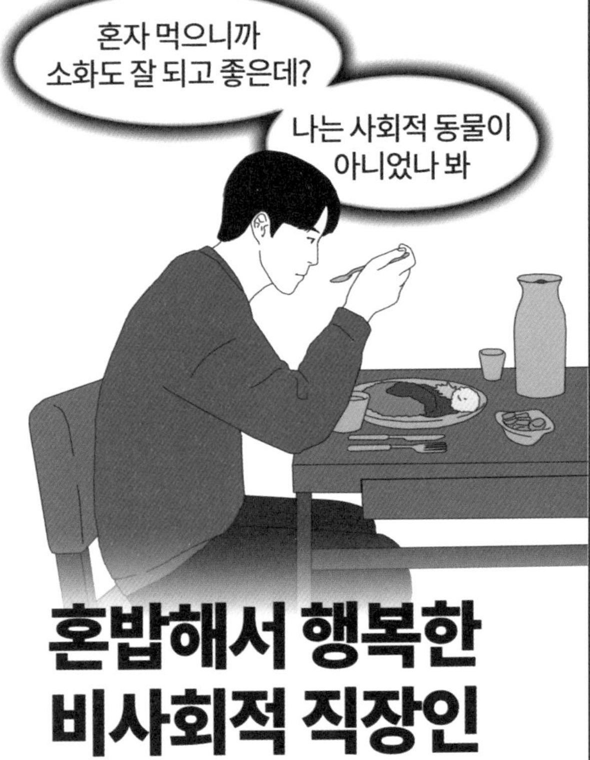


# 혼밥해서 행복한 비사회적 직장인

## 9월 4일

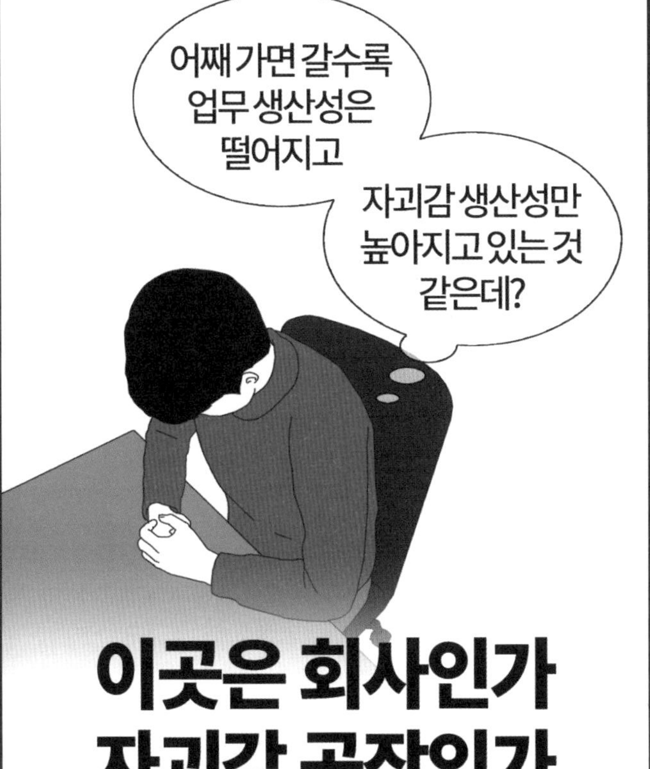


# 이곳은 회사인가 자괴감 공장인가

## 4월 27일

회사의
기둥이
되겠다고
다짐했던
신입 사원이

눈에 띄고
싶지 않아

회사
기둥 뒤에
숨게 된
사연에
대하여

**9월 3일**

회사에
대한
기대 →
회사에
오래 다니려면
이런 건
안 보이는 곳에
잘 넣어 둬야 해
기대가 커지면
실망도 커지고...
실망이 커지면
퇴사 욕구도 커지고...

**4월 28일**

# 오더 담당자의 노래

**9월 2일**

**4월 29일**

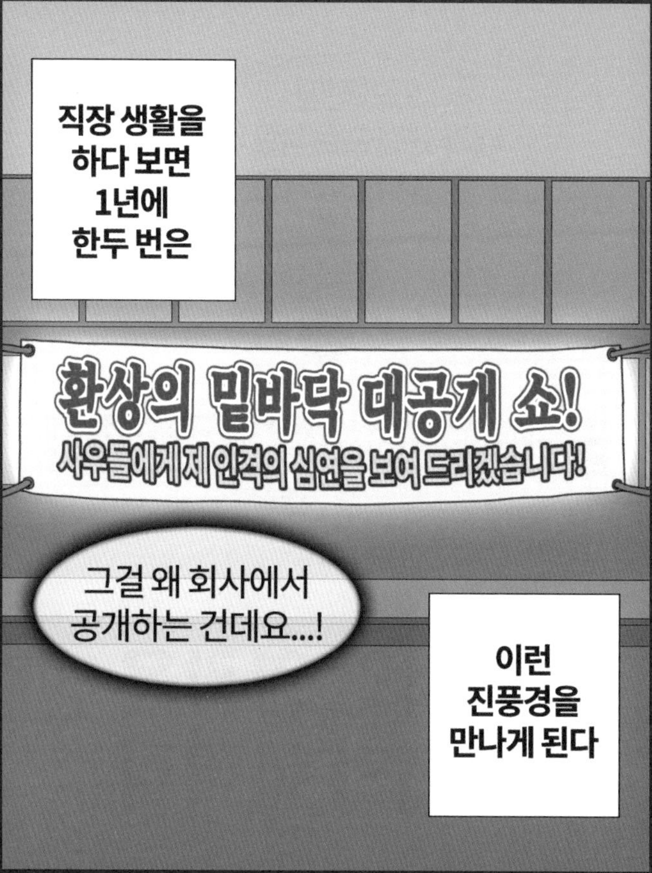
직장 생활을
하다 보면
1년에
한두 번은
환상의 밑바닥 대공개 쇼!
사우들에게 제 인격의 심연을 보여 드리겠습니다!
그걸 왜 회사에서
공개하는 건데요...!
이런
진풍경을
만나게 된다

## 4월 30일

8월 31일

일하는 모든 이들을 위한 날!

**5월 1일**   근로자의 날

성장판도 닫혔는데
성장통이 웬 말이냐

8월 30일

한 달에 만 원만 내면 여기 있는 모든 도서를 읽을 수 있습니다!

한 권만 읽어도 본전,

두 권 읽으면 이득이잖아?

전자책 월정액 서비스

# 그렇게 나는 손해를 보게 되었다

**5월 2일**

밥은 먹고 다니냐?
집에는 들어가고?

약올리러 온거면
그만 가줄래?

회사
생활의
기쁨

나보다
더 바쁜
동료
놀리기

**8월 29일**

**5월 3일**

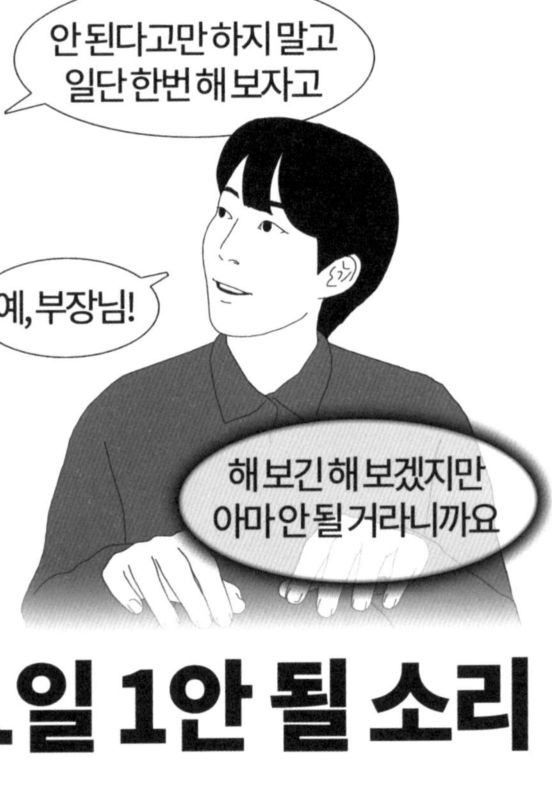


# 1일 1안 될 소리

8월 28일

어쩌다 보니 거짓말

5월 4일

# 회사에선 눈을
# 아껴 써야지

## (이따 집에 가서 게임해야 하니까)

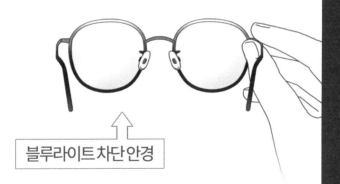

블루라이트 차단안경

**8월 27일**

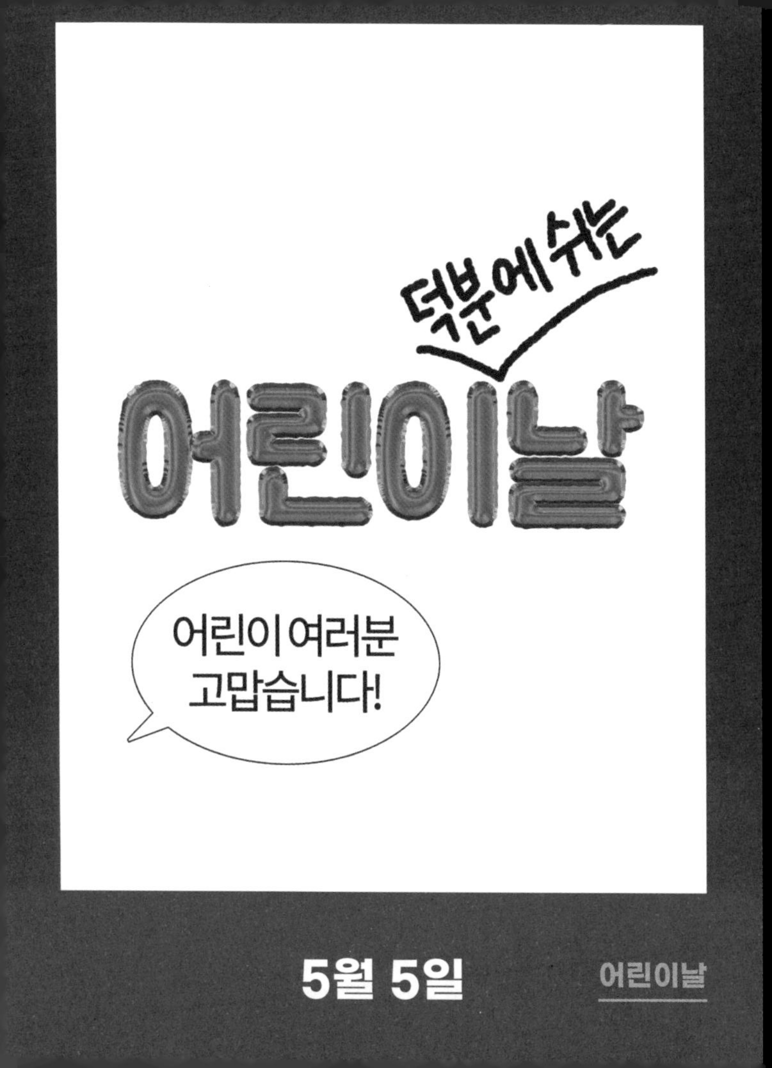

덕분에 쉬는

어린이날

어린이 여러분
고맙습니다!

5월 5일                    어린이날

**휴무에도 회사 근처를
배회하는 영혼**

**8월 26일**

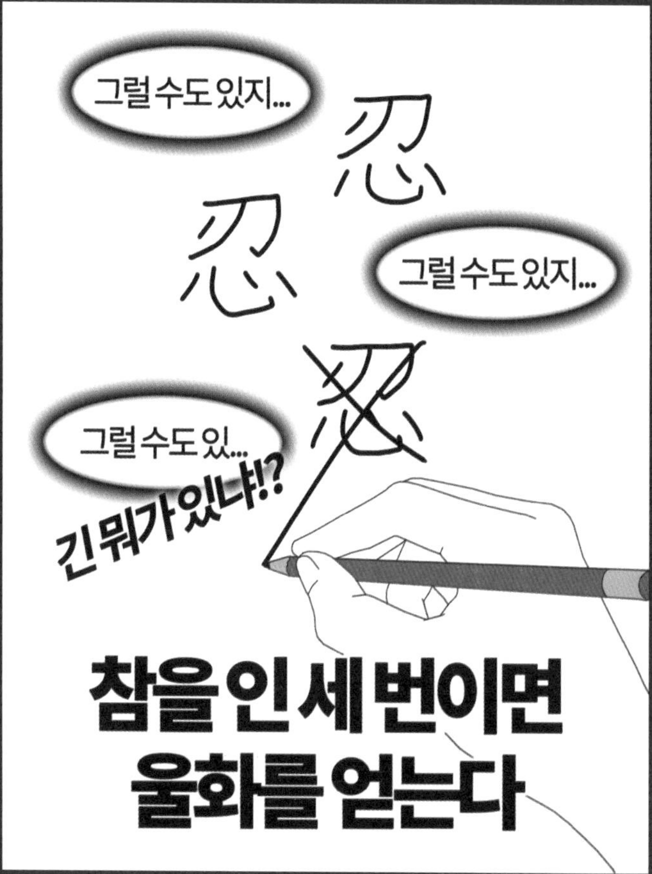


5월 6일

**8월 25일**

직원 씨는
사주 같은 거
안 봐요?

눈만 감으면
제 미래가
보이니까요

굳이 돈 들여
알아볼 필요가
없지요

# 캄캄한 앞날

## 5월 7일

끝이 도무지
가까워지지 않는
느낌인데...?

# 야근의 터널을
# 지나는 중

**8월 24일**

모두에게
좋은 사람이 되려는 건
동전을 맨바닥에
세우려는 것과 같아

내가 이짓을
왜 하고 있지?

어렵기는 더럽게 어려운데
인생에 별 도움은 안 되지

**8월 23일**

# 회사에서 의외로 자주 하는 것

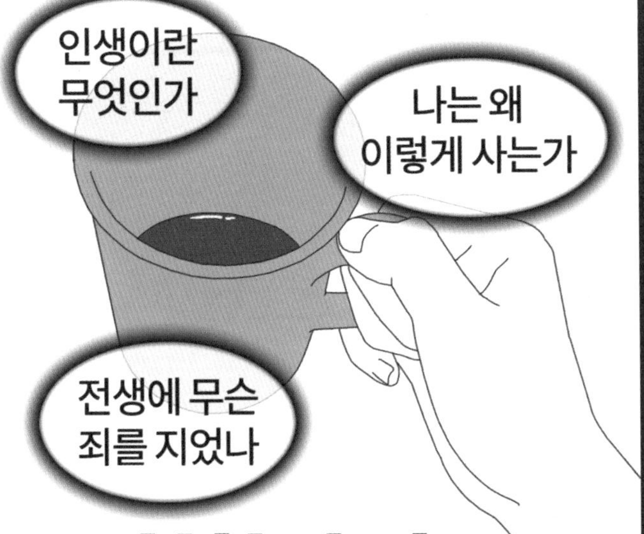


# 철학적 사고

**5월 9일**

8월 22일

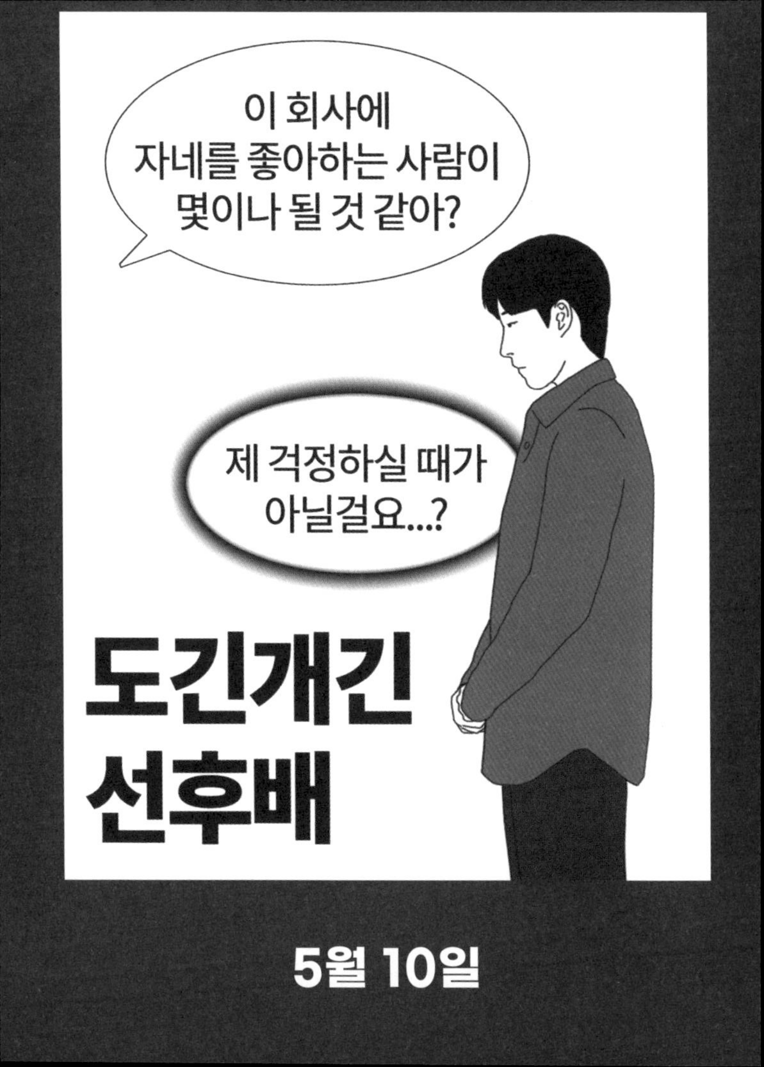

이 회사에 자네를 좋아하는 사람이 몇이나 될 것 같아?
제 걱정하실 때가 아닐걸요...?
도긴개긴 선후배
5월 10일

# 오늘도 평화로운
# 직장인의 내면 세계

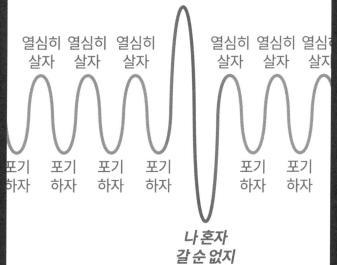

**8월 21일**

5월 11일

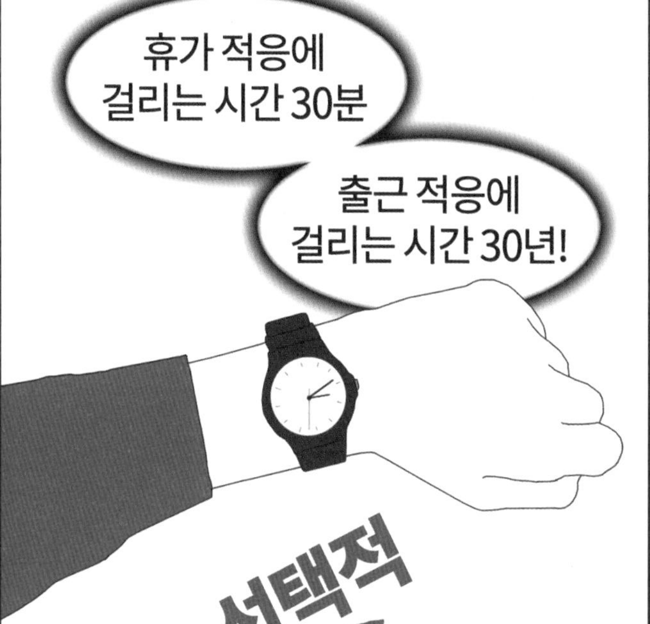


# ~~선택적~~ 인간은 적응의 동물

**5월 12일**

# 회사의 미래가 걱정되거든 고개를 들어 거울을 보라

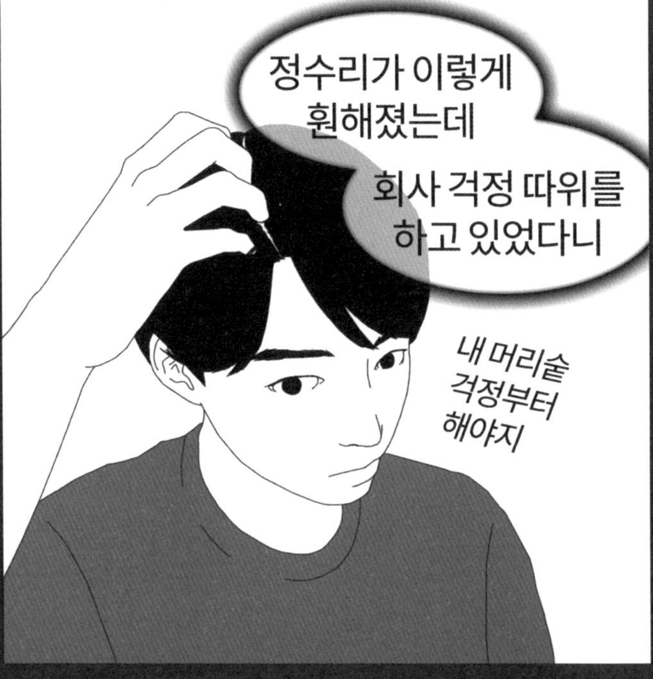


5월 13일

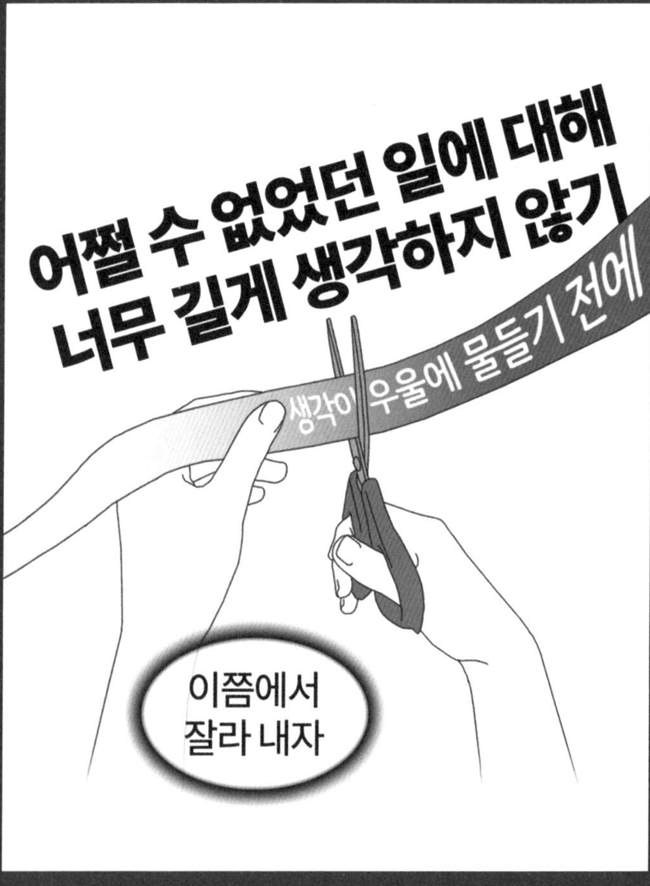


# 8월 18일

# 인간의 다양한 감정

| 기쁨 | 슬픔 | 분노 | 공포 |

# 직장인의 다양한 감정

| 화를<br>참음 | 화가<br>차오름 | 무척<br>화남 | 화가<br>폭발함 |

**5월 14일**

# 내가 고른 일이지만
# 참 적성에 안 맞는다

8월 17일

생각해 보면 우리 은사님은 정말 대단하시다
다 큰 성인들끼리 일하는 것도 이렇게 힘든데
초딩 서른 명을 상대하는 게 업무라니...
스승의 은혜를 생각하며
5월 15일
스승의 날

# 휴가 중

**8월 16일**

출근 준비...
너무나도 귀찮다

# 아침부터
# 방바닥과
# 혼연일체

**5월 16일**

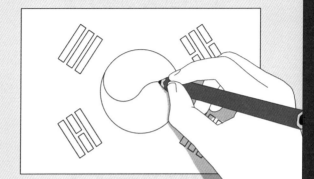

# 마음속에 태극기를 그리는 날

## 8월 15일

<u>광복절</u>

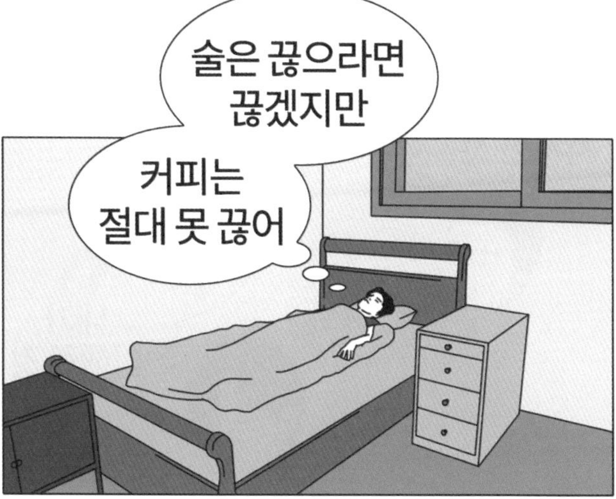


게으른 직장인의 취미

# 아무도 뭐라고 안 했는데 혼자 이상한 고민하기

5월 17일

**8월 13일**

**5월 19일**

로또 VS 연금복권
오늘도 부질없는 고민 중

8월 12일

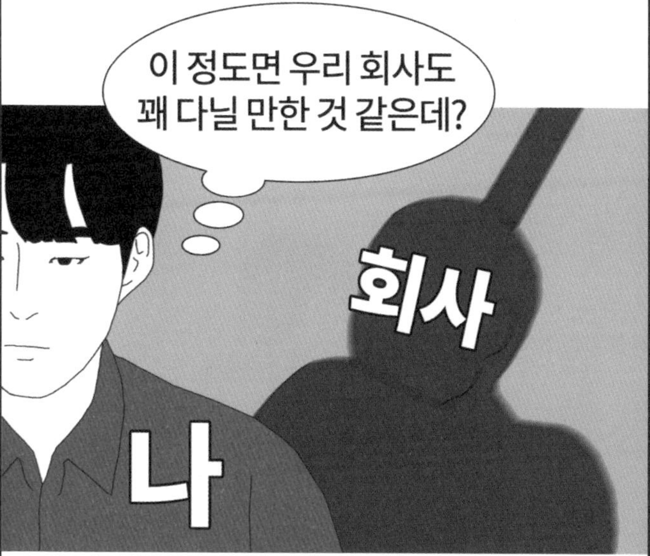
이 정도면 우리 회사도
꽤 다닐 만한 것 같은데?
회사
나

# 사생활이랄 게
# 없는 직장인

**5월 21일**

8월 10일

5월 22일

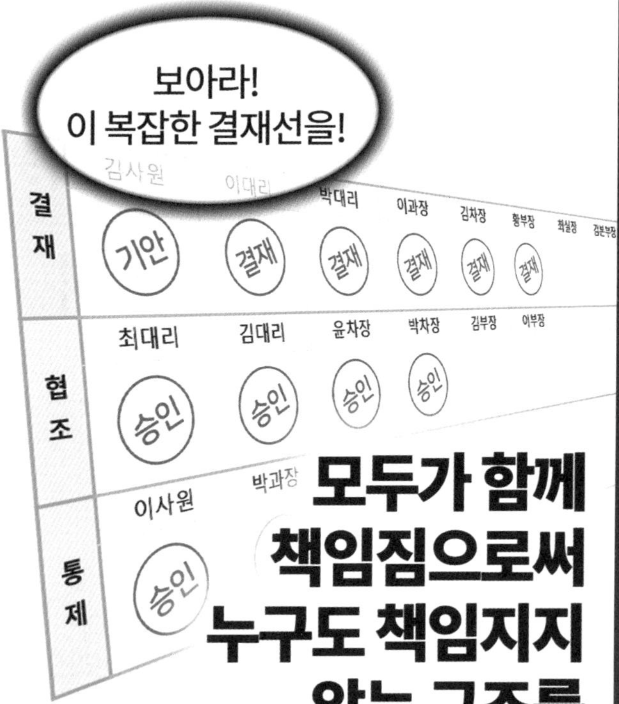


# 모두가 함께 책임짐으로써 누구도 책임지지 않는 구조를 완성하다

8월 9일

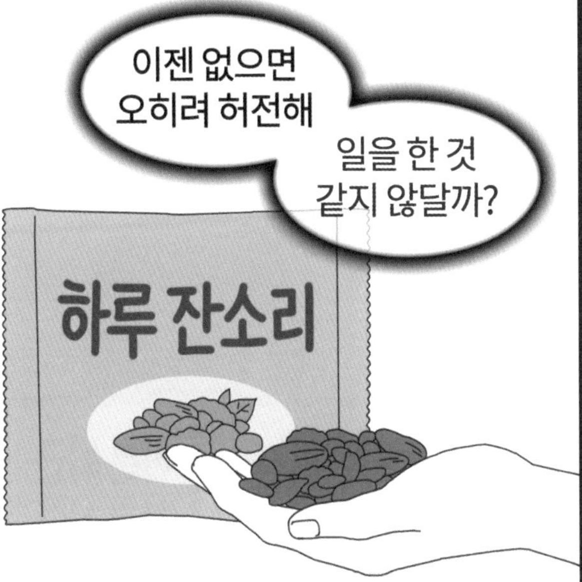


# 직장인을 위한 잔소리 할당량

## 5월 23일

8월 8일

# 새치에 대한 단상

## 두자니 보기에 거슬리고
## 뽑자니 머리숱 걱정되고
## 자르면 삐죽 솟아 더 티 나고

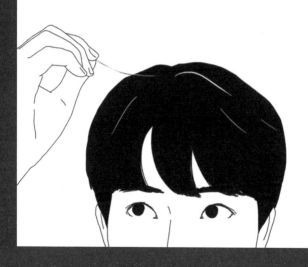

**5월 24일**

우리 회사 파괴왕

8월 7일

이 놈의 회사는 진짜
망해야지 정신을 차릴 듯

하지만 망하면 안 돼
내 월급은 누가 줘

망해라

망하지 마라

망하되
망하지 마라

# 직장인의 내적 갈등

**5월 25일**

# 개와 함께 낮잠 자기

**8월 6일**

이제는 나도 내가
뭘 어쩌고 싶은 건지
모르겠다...

# 직장인
# 사춘기

**8월 5일**

집에서는 회사 일이 생각나고
회사에선 집안일이 생각나고

# 내 머릿속에도
# 스위치가 있으면 좋겠다

**5월 27일**

# 회사에 감탄하는 순간

와...! 이런 주요 업무를

이렇게 주먹구구식으로 한다고...?

**8월 4일**

힘들이지 말고
대충대충 해~!

아, 그렇다고 해서
문제 생기고 그러면
안 되는 거 알지?

이게 바로
전설로만
듣던
대충철저
로구나

5월 28일

깨어 있는 시간보다
자는 시간이 더 많은
삶을 살고 싶다...!

# 장래 희망은
# 판다입니다

**8월 3일**

오늘은 어떤 말로 이 사태를 수습해 볼까?

하시는 안 그러겠습니다

잘못 했습니다

정말 죄송합니다

제가 좋아서 하는 건데요

직장 생활 단골 대사

5월 29일

**8월 2일**

**5월 30일**

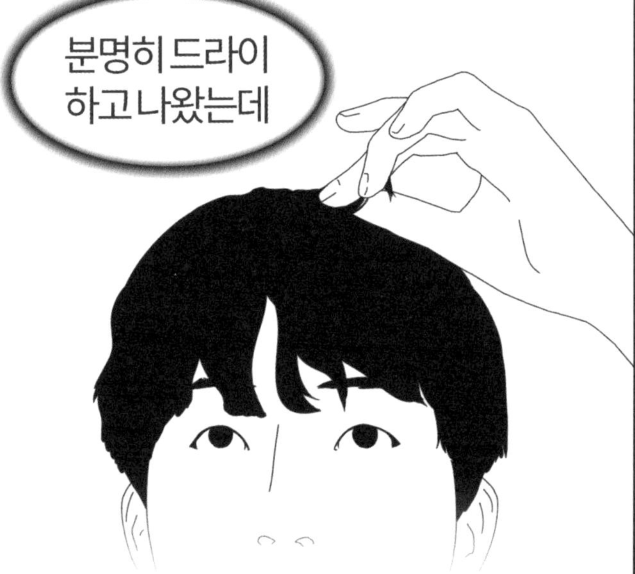


**습한 여름 날씨에
부질없어진 머리 손질**

**8월 1일**

# 어떤 직장인의
# 생활신조

하면된다

그러나 딱히 하고 싶지 않다

# 5월 31일

**7월 31일**

# 금요일은 어쩜
# 이름도 금요일일까?

너무
사랑스러워

**6월 2일**

# 개와 게임으로
# 충만한 주말

**7월 29일**

6월 3일

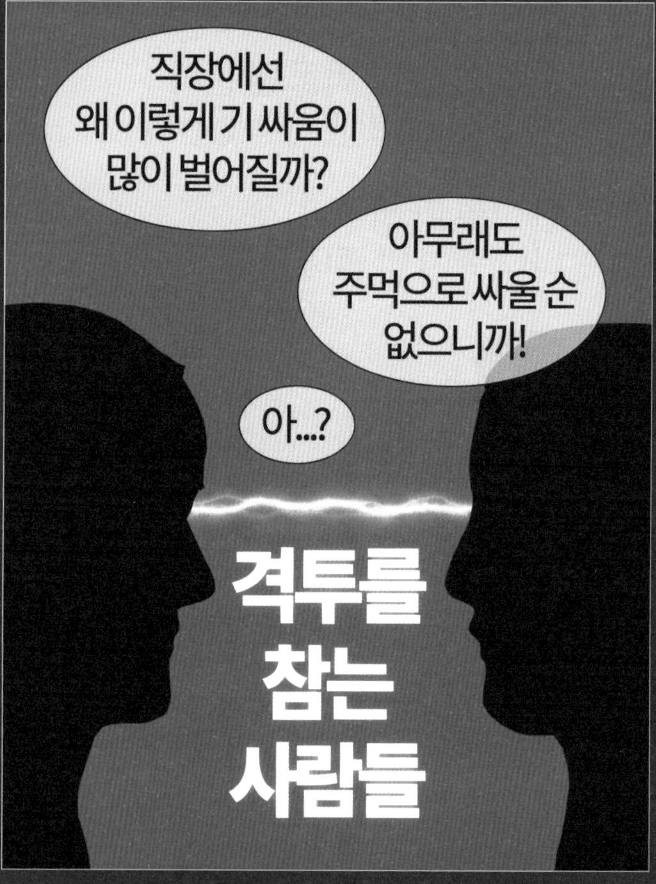


7월 28일

아침에 비가 오다가
저녁에 그치길 반복한 결과,
사무실 우산 보유량이 증가했다

# 망각된 우산들

**7월 27일**

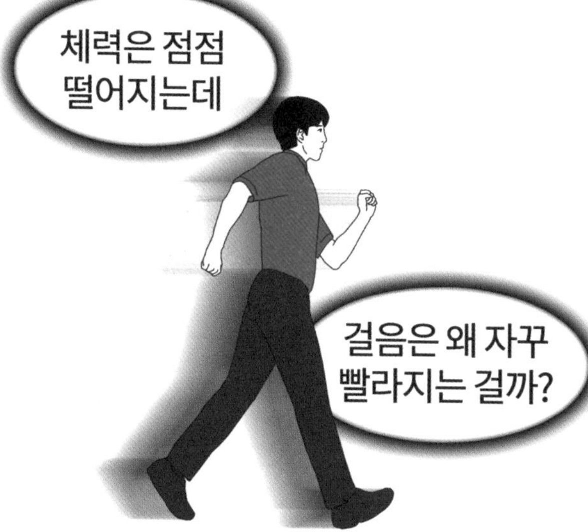


# 몸은 안 따라 주는데 마음만 급해진 직장인

## 6월 5일

**7월 26일**

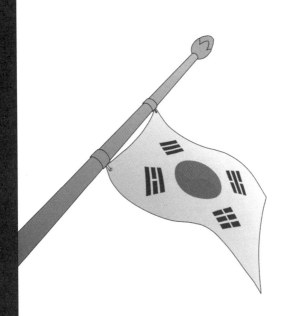

**6월 6일**

현충일

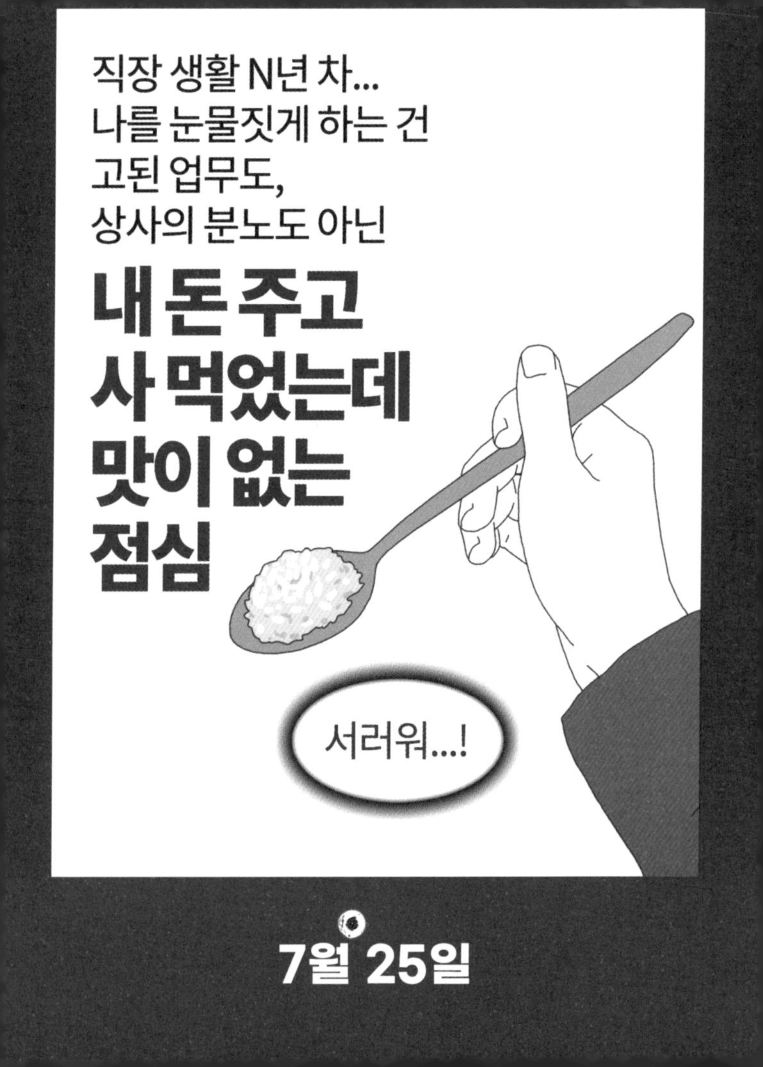
직장 생활 N년 차...
나를 눈물짓게 하는 건
고된 업무도,
상사의 분노도 아닌
내 돈 주고
사 먹었는데
맛이 없는
점심
서러워...!
7월 25일

**시장이 반찬**

6월 7일

# 악의 성실성

**7월 24일**

6월 8일

# 똑똑한 사람도 때로는
# 바보로 만드는 곳

**7월 23일**

**7월 22일**

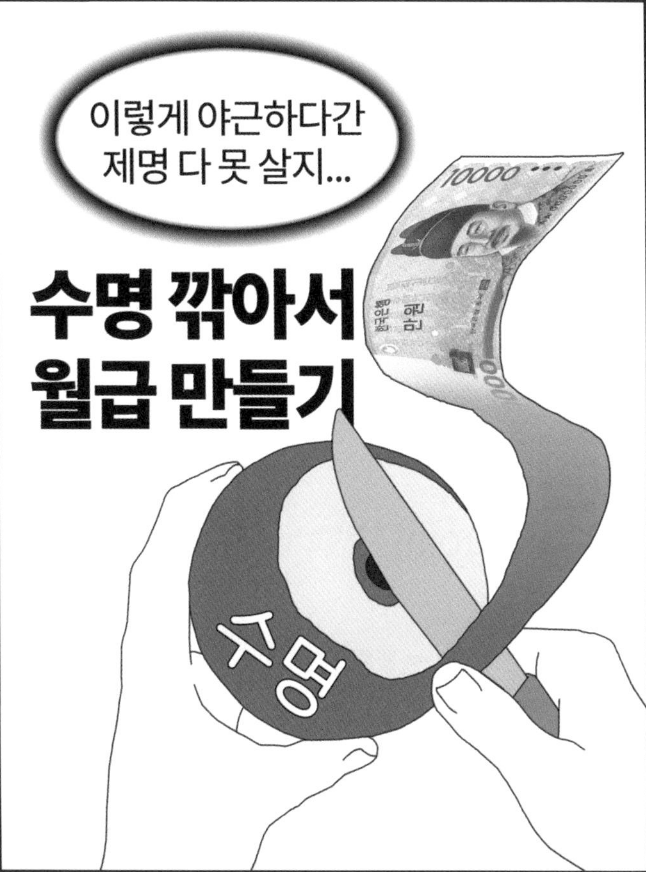


## 6월 10일

나보다
열심히 일하는
사람은 전부
일 중독자고

나보다
대충 일하는
사람은 모두
월급 루팡이야

# 오늘따라 괜히
# 심술이 난 직장인

**7월 21일**

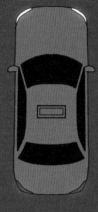

# 야근한 직장인을 싣고
# 시간을 달리는 심야 택시

## 7월 20일

# 출장 많은 직장인의 한탄

**6월 12일**

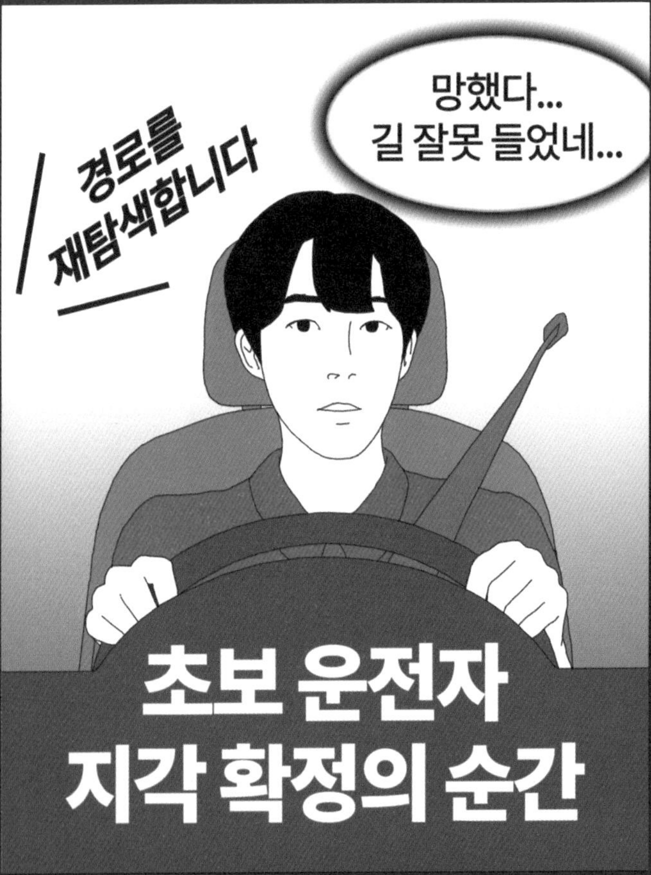


7월 19일

# 진정한 행복이란
# 하기 싫은 걸
# 하지 않는 데서
# 오는 게 아닐까

출근하기 싫어

**6월 13일**

누워서 일할 순
없는 걸까?

# 틈만 나면
# 눕고 싶은 직장인

**7월 18일**

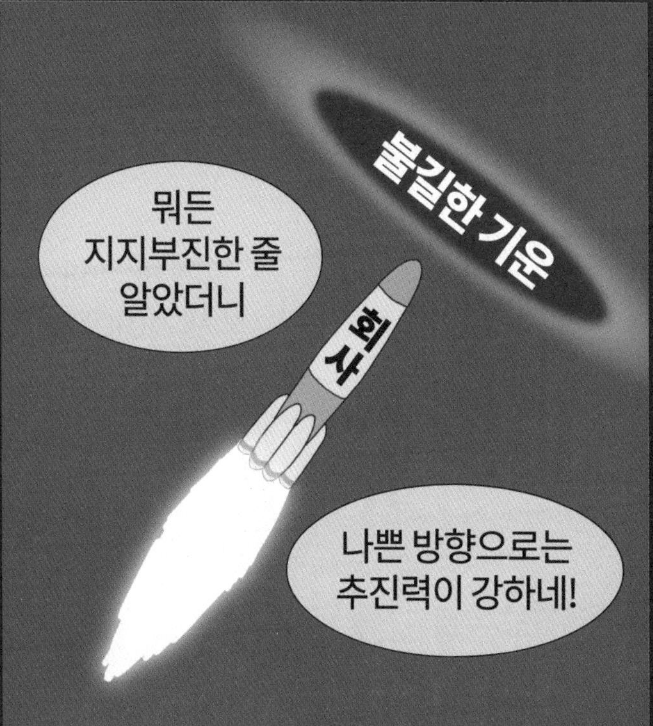


# 쓸데없는 추진력

6월 14일

작년에 담당했던 프로젝트에서
뒤늦게 오류가 발견됐다...!

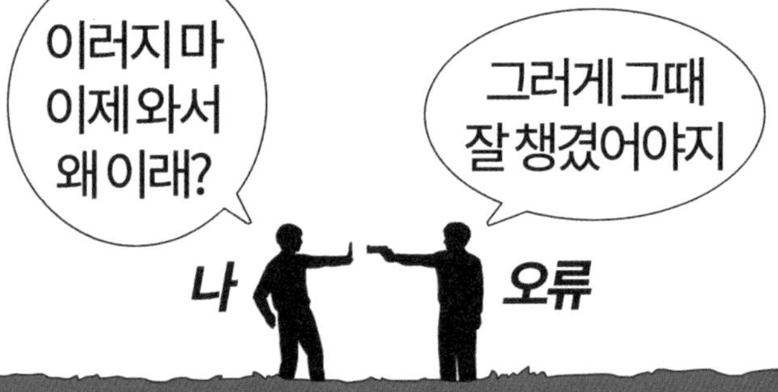


# 끝날 때까지
# 끝난 게 아니다

**7월 17일**

# 보급형 진상

**6월 15일**

방금 얘기한 거
정리해서 기안 올리고~

네, 부장님

통화 녹음이
합법인 나라에
살아서 다행이야

이거 없었음
어쩔 뻔했냐

# 나의 기억 보조 장치

**6월 16일**

회의할때도　　보고할때도　　야근할때도

이건 아니지 않나?

# 종일 같은 생각

**6월 17일**

# 절이 싫지만
# 중이 참는다

**7월 14일**

**7월 13일**

**6월 20일**

# 직장인계의 간장 게장 밥도둑 윤 씨

**7월 11일**

# 아침부터
# 헛소리하는 주인

**6월 21일**

# 헤어 나올 수 없는
# 월급의 안락함

**7월 10일**

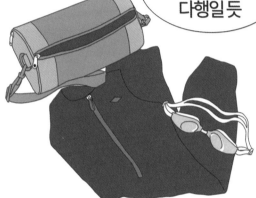

# 낡은 직장인은
# 울지 않는다

**7월 9일**

기획안 작성해야
하는데 일주일째
한 문장도 못 씀

마른 수건도
이 정도 짜면 뭔가
나오지 않나?

# 말라 버린 두뇌에
# 고통받는 직장인

## 6월 23일

# 끊을 수 없는 망각의 샘

**7월 8일**

# 회사에서 업무분장
# 희망원을 받는 이유

구성원들이 어떤 업무를 희망하는지
~~파악하고 해당 업무를 배정해 주기 위함~~
## 그냥 한번 알아봄

님의 뜻
잘 알았고요

회사

지망하신
업무 말고
다른 업무
드립니다

# 7월 6일

6월 26일

# 삼선 슬리퍼를
# 맨발로 신기 위해
# 단련해야 하는 부위들

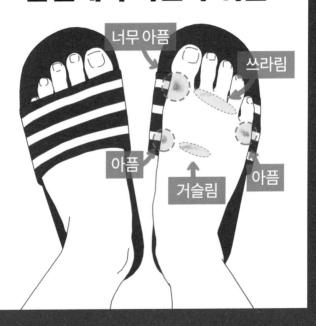

**7월 5일**

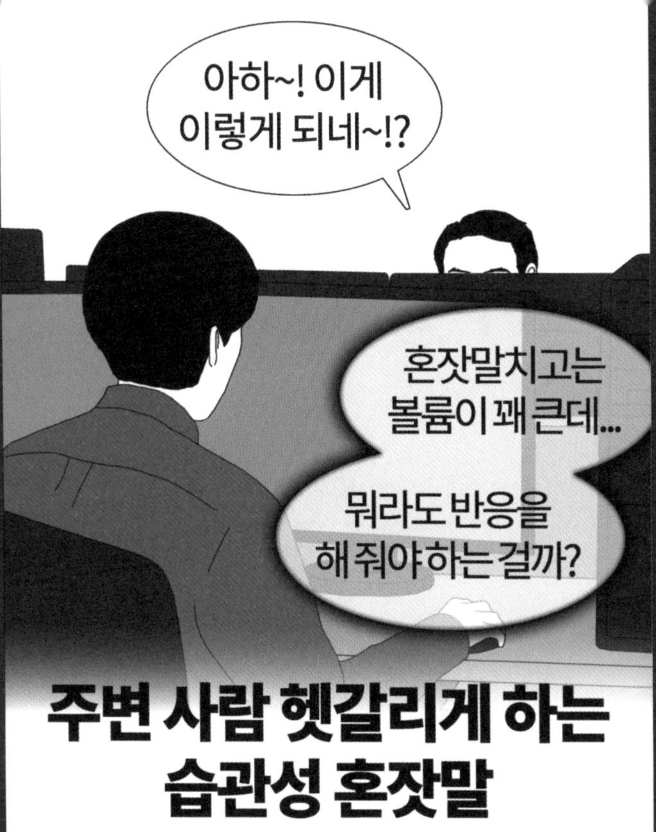


# 주변 사람 헷갈리게 하는 습관성 혼잣말

## 6월 27일

# 이렇게 아무 일 없어도 괜찮나 싶을 정도로 아무 일이 없는 하루

**7월 4일**

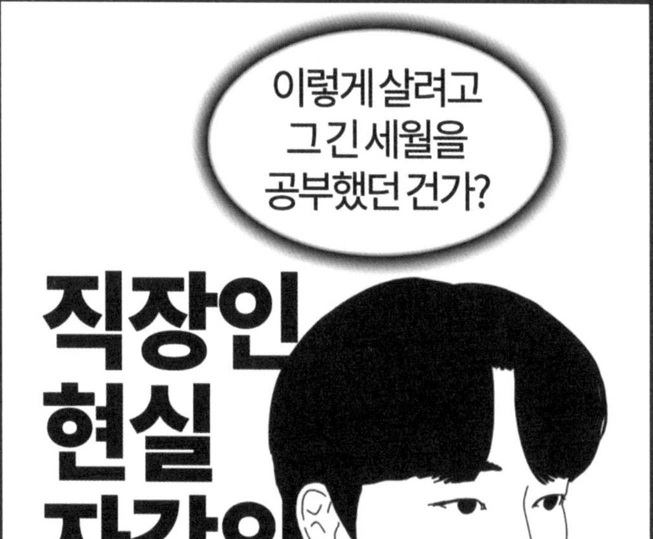
이렇게 살려고
그 긴 세월을
공부했던 건가?
직장인
현실
자각의
순간

# 해외 출장
# 쇼핑 풍경

내건 얼마 못 사고
부서원들 선물만 잔뜩 삼

**7월 3일**

6월 29일

# 규모 작은 회사 특징

# 내 직무의 범위가
# 놀랍도록 광활함

**7월 2일**

이번 프로젝트... 고생했는데 성과가 안 나와서 많이 아쉽지?
아, 네 위로해 주셔서 감사합니다
사실 아무 생각 없었음
업무는 업무고 나는 나다
6월 30일

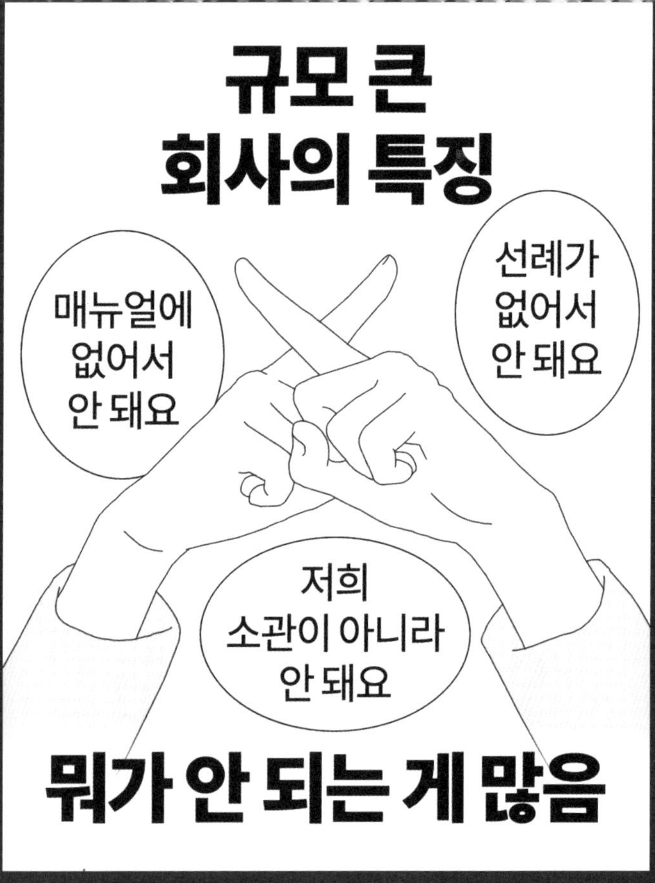


7월 1일